ちくま学芸文庫

性愛の日本中世

田中貴子

筑摩書房

目　次

性愛の日本中世

第一章　中世の性愛と稲荷信仰

#「稚児」と僧侶の恋愛――中世「男色」のセックスとジェンダー

稚児はホモセクシュアルの対象か?

今日は、「男と男の恋愛」、つまり男色《なんしょく》についてお話をしてみたいと思います。こういうと、すぐに「変態的だ」とか「異常なことだ」とかいう声が聞えてきそうですが、現代人であるみなさんにとって、ほんとうに「異常」なことなのでしょうか。

最近、同性愛者がさかんにカミング・アウト(自分が同性愛者であることを公にする行為)している現状がありますし、エイズとの関連でも同性愛ということが私たちの生活に非常に身近なものとなっています。つまり、現代人にとって同性愛とはすでに「変なもの」ではありえず、否応なく関わりあいを持っていかなくてはならないものなのです。

さて、みなさんは、「稚児《ちご》」(「児」とも表記しますが)という存在を知っていますか。稚児とは、日本の中世から近世にかけて、主に寺院の中に存在した特別な少年のことです。

中世寺院には、上童《うえわらわ》、中童子《ちゅうどうじ》、大童子《だいどうじ》と呼ばれる「童子」がいましたが、このうち大童子はすでに成人した男性で童髪の者を指し、少年というわけではありません。上童、中童子はだいたい十二、三歳から十五、六歳の年齢の少年で、僧侶の身の回りの世話をしていました〔土谷　一九九二〕。彼らのほとんどは公家、武家の子弟ですが、中童子には散所《さんじょ》と呼ばれる身分の低い出自を持つ者もいます。上童は彼らの中でもっとも格の高い童子であり、もっぱら僧侶の近くに侍《はべ》って世話をし、僧侶の弟子として学問を学んだりしました。こうした上童の多くは、師である僧の性愛の対象ともなりました。そして僧に寵愛をうけた童子は「稚児」と呼ばれました。

今回は、中世寺院における稚児という特別な存在を取り上げ、その研究史を踏まえながら、彼らの性について考えてみたいと思います。それは同時に、稚児の相手となる僧の性を考えることにもつながるのですが、このような男色という関係において、生物学的な性差、つまり生まれながらの性であるセックスや、人間が作り出した社会的・文化的な性差であるジェンダーはどのような構造になっているのでしょうか。

セックスの面において、男どうしの性愛はホモセクシュアルな関係（同性愛）というべきでしょうが、中世の稚児の様相を見ていると、そうは簡単に割り切れないように思えるのです。もちろん、ジェンダーの方はなおのこと簡単ではありません。男どうしの性愛は、一見すると女と男の性愛関係とは異なるように思えますが、そう断言してよいのでしょうか。

昨今、マンガや小説に出てくる少年愛が女性の間でもてはやされ、そこに耽美的な神秘性を見出したり、男女の関係にはない何か「純粋」で「神聖」な恋愛であるかのように持ち上げる傾向があります。中世の稚児たちに関してもそのきらいがありますが、稚児と僧の性愛をそのように美化するのは問題かもしれません。

後に詳しく述べますが、中世の稚児の性愛を描いた「稚児物語《ちごものがたり》」と呼ばれる物語や説話には、稚児は神仏の化身であり、性愛を方便として僧を真の発心《ほっしん》へと導く「聖なるもの」だとするストーリーがしばしば見受けられます。それをそのまま受け取ったならば、稚児との愛とは、汚れたものとして禁じられた女犯《にょぼん》の対極にある美しい愛という次元に回収されてしまいます。

ただし、性愛というものは必ずそれぞれが能動と受動の役割を受け持つことになりますから、男どうしであっても「犯す」側と「犯される」側に分けられてしまわざるをえません。とすれば、これは男どうしの平等な愛ということにはならないでしょう。

稚児は常に「犯される」側に立たされるわけで、その点からいえば性愛において常に受動的な役割を求められてきた女性と同じ立場に立つことになるのです。自らの身をもって僧の欲望を救済し、「犯される」がゆえに神聖な稚児、といってしまうのは、かつて女性をそのようなまなざしで縛りつけていたある種の価値観に同じることになります。

稚児とは「聖なるもの」なのか、そして彼らのセックス／ジェンダーは、性愛における女性のそれとどう異なるのか。この問いに答えるために、これから少しずつ検討を行いたいと思います。

異性愛に近い〝稚児愛〟の世界

初めに、ごくかいつまんで国文学、民俗学、歴史学などにおける稚児の研究史を述べておきましょう。

稚児については、従来好事家の扱う特殊な分野という偏見が存在したため、これらの学問領域でもさほど研究が活発とはいえません。もっとも著名な研究は岩田準一氏の『本朝男色考』（一九七三年）や、岩田氏と南方熊楠氏の往復書簡『南方熊楠男色談義』（一九九一年再版）ですが、民俗への関心が高いこと、近世の事例が多いこと、などの特色があり、中世の稚児についての研究をカバーしているとはいえません。むしろ、小説ながら、今東光氏の『稚児』（一九四七年）が、寺院に残された稚児に関する仏教典籍を資料としており、有益です。ほかに、稲垣足穂《たるほ》氏の『少年愛の美学』（一九七三年）にも稚児についての言及があります。

さて、稚児の研究は日本における童子＝子供の研究と重なる部分があります。そのため、山折哲雄氏「翁と童子」（一九八四年）や鎌田東二氏『翁童論』（一九八八年）、黒田日出男氏「『童』と『翁』」（一九八六年）などのように、稚児が非生産的年齢に当たるため、翁と同じく非日常的存在、つまり神仏のような「聖なるもの」に近い存在だとする論がありました。秩序の象徴である成人男性に対して、子供や老人、女性などは無秩序、つまりカオス（混沌）的だというのです。

たしかに、神や仏がカオス的存在に変身して人間と交渉を持つという説話は多く、これらの人々が成人男性にはない「聖なる力」を有していると見なされた事例はあります。しかし、その反面、彼らは「聖なるもの」であるがゆえに日常の外の世界へ追いやられ、成人男性が日常を支配するという構図が通常のものであるとされてきました。稚児は、厳密にいえば「童」とされる七歳をすぎた少年の年代に相当しますが、いつまでも髪を童髪にし、成年男性とならない風俗から、「童」と同様の聖性を身につけていると考えられたのでしょう。

また、図像学的な考察としては黒田日出男氏の「女か稚児か」（一九八六年）があり、これは、絵巻に描かれた絵図の索引である宮本常一氏の『日本常民生活絵引』では女性とされているものが実は稚児であった、という興味深い論考です。

稚児は、通常十七、八歳になると、元服して公家や武家になるか髪を下ろして僧侶になるのですが、それまでは髪を長く伸ばし、化粧を施し、美麗な装束をまとうという、外見からではまったく女性と変りない姿をしています。つまり、絵巻などでは、よほどよく考えないと稚児と女性を混同してしまう危険があるわけです。

さて、稚児は、寺院においては「児灌頂《ちごかんじょう》」という仏教儀礼を受けた特別な存在として、性愛を媒介とする聖性が期待されていました。児灌頂とは、稚児を神仏の化身として敬うための儀式です。これは、稚児の性愛が女性との性愛のように俗なものではなく、神聖なものである、という僧の言説に基づいています。とくに天皇が即位の際に受ける「即位灌頂」と稚児とは深い関わりがあり、稚児と〈王権〉（天皇制）を論じる阿部泰郎氏「慈童説話と児」（一九八五年）や、松岡心平氏「稚児と天皇制」（一九九一年）などの論考が出されてきました。

ところで、鎌倉から室町時代にかけて、「稚児物語」と呼ばれるジャンルの物語が多く作られるようになります。『秋夜長物語《あきのよのながのものがたり》』『あしびき』『上野君消息《こうずけのきみしょうそく》』などはその代表作です。これらの物語の多くは稚児と僧との悲恋を描いており、最終的には、僧は稚児との性愛を通じて真の仏道を悟るというストーリーがほとんどを占めています。その場合、稚児は僧と別れたり、あるいは死んだりしてしまうのですが、それは僧を導くために文殊《もんじゅ》菩薩や観音菩薩が仮に稚児の姿になって現れたのだ、という解釈になっています。

こうした物語では、稚児は単なる女性の代りではなく、神聖なものとして崇められるべき存在として語られています。女が相手ならば好色な僧の話に堕落するところが、稚児ならば僧の性は清浄なまま保たれるとするのです。稚児を神聖なものの化身とすることについては、「男色、衆道に対する合理化、もしくは弁疏にほかならない」〔市古　一九五五〕という意見もみられますが、稚児を聖なるものとする阿部氏は前掲論文で、

> すなわち、児をめぐる性愛が発端となり、児の受難によって聖なるものが顕われる、という普遍的なかたちである。そこには、仏教が厭離すべき愛執と死苦ゆえにこそかえって神聖が生起するという逆説的構造が蔵されている。〔阿部　一九八五：八七頁〕

と述べています。氏の説は稚児物語の構造をよく表していると思われますが、はたして、稚児の神聖さが普遍的なものであるのか、という疑問を拭い去ることはできないのです。たしかに、児灌頂に関する聖教を繙いてみれば、僧が稚児をいかに神聖なものとして扱ってきたかが教義のうえでもよくわかりますが、発心を導く方便としての役割のほかに、稚児には何かがあると思えるのです。

さて、このような研究によって、稚児は童子としての聖性を持ち、性愛を媒介として僧を導くゆえに神聖であり、かつ女性とみまがう姿をしている、という輪郭が現れてきました。これらの要素は、すべて境界的であるといってよいでしょう。大人と子供の境界、聖と俗との境界、そして女と男の境界です。稚児はあらゆる面において境界に位置を占める

者なのです。

稚児には、いうなれば「境界にいるがゆえの聖性」がついてまわるわけですが、しかし、これは稚児を「観る」側の論理であることも指摘しておかねばなりません。つまり、「犯す」側の僧の視点に立って初めて稚児は神聖であるといえるわけで、稚児の側からの言及はまったくといっていいほどないのです。「犯される」側の稚児が、本質的に神聖であったはずはありません。この場合の神聖さとは、ある条件を満たしたときに発生するのであり、決して絶対的なものではないからです。稚児物語に描かれた聖なる稚児との愛は美しいけれど、それが即実態でないことは明らかです。

細川涼一氏は、年齢を重ねた結果容貌が衰え、寵愛を失って自殺する稚児の実話を紹介しています。現実にはこのように悲惨な場合があったようで、稚児をいちがいに「聖なるもの」と考えるのは危険ではないかと思えるのです。細川氏は、

(前略)少年愛は、(中略)権力者である僧侶による少年の、内的自己を含む身体の人格的支配・隷属関係、主従関係を強制するものであり、もっとどろどろしたものであったことを忘れてはならないと思う。(細川　一九九三：七四頁)

と述べていますし、稚児物語に関しては、神田龍身氏の次のような発言が注目されます。

（前略）稚児というのは僧侶からすれば性的な客体でしかないわけで、その論理でしか稚児の美を考えてきていない。〔神田　一九九五：一二頁〕

無批判に僧の言説を信じてその側に立つのではなく、稚児の側に立って、もう一度稚児物語やその他の稚児に関する資料を読み直すとどうなるか。

この試みは、女性史や女性学が行ってきたフェミニズム批評、つまり、女性が女性という立場で資料を読み直すことと同じ方法といえるでしょう。稚児愛の美しい被膜を剝いだとき、稚児のセックス／ジェンダーという問題もおのずから浮上することと思います。結論を先回りするようですが、稚児は男性というセックスでもジェンダーでもありません。その点では、稚児愛はホモセクシュアルではなく、限りなくヘテロセクシュアル（異性愛）に近い内実を持っていたのではないかと思うのです。

ただ、稚児の性愛を完全に女性のそれと同化するわけにはいきません。ヘテロセクシュアルではあっても、稚児と女性とは異なる何かを背負っているはずです。以下、それが何なのかを考えてみたいと思います。

和歌に刻印された男女のジェンダー

ここでは、稚児の作った恋歌から、稚児と僧の「恋」がどのようなものであったかを確認していきます。稚児は僧の性愛の相手ばかりをしていたわけではなく、僧を師として学問や手習いを習得していますから、もちろん和歌も詠めたのです。

稚児と僧の和歌を集めた歌集には、十三世紀半ばの『楢葉《ならのは》和歌集』、十四世紀初めの『続門葉《ぞくもんよう》和歌集』、そして、十四世紀後半の『安撰《あんせん》和歌集』があります。それ以前にも、『金葉《きんよう》和歌集』などには僧が稚児に詠んでやった和歌が収められていますので、彼らが歌を詠み合うのはさほど特殊なことではなかったのです。

では、実際に和歌を見ていきましょう。『楢葉和歌集』をはじめとする歌集には、通常の勅撰集のように四季や恋の部位がありますが、注目したいのは恋の歌です。たとえば、雑部に「童篇」という特別な部立を設けている『楢葉和歌集』には、〈資料〉①（二三頁を参照）のような和歌が載せられています。

この和歌は純然たる恋歌であり、詠者の名を隠してしまえば男女の恋の歌と何の変りもないことに気づきます。もちろん、和歌は歌会などの公の場で詠まれることが多いですから、恋の歌だとしても即それがプライベートなものとは限りません。実際、「絶不値恋《たえてあわざるこいの》心《こころ》を」や「遇不逢恋《おうてあわざるこい》」というような、題を与えられて詠んだ歌も見られます。

これをそのまま稚児と僧の関係に重ね合せるわけにはいきませんが、しかし、そこに個人的な事情を読み取ることが可能な歌も散見されます。たとえば、それは〈資料〉②のような詞書によって知ることができます（『続門葉和歌集』以下同じ）。

この歌は、稚児が寵愛を受けていた僧の「夜離《が》れ」をとがめているものです。この種の歌は、先に引いた『楢葉和歌集』にもありました。ほかにも、〈資料〉③のようなものが見られます。「同宿」というのは同衾と同じ意味で、単に寝起きをともにすることではありません。本文にやや問題がある歌ですが、長年愛されていた僧に思いもかけず捨てられた稚児の悲しみを歌ったものであることは確かです。

このように、稚児が僧の心変りを歌った歌は大変多く見られ、稚児の歌の特色となっています。反対に、僧の歌には稚児の変心を恨むものは見当たらず、ときには他人の稚児に恋心を打ち明ける〈資料〉④のような歌さえあるほどです。

これも、詠者が僧とはとても思えない恋歌の常套表現を用いた和歌です。かいま見た稚児に恋情を訴える、というのは、男女の間で取り交される恋歌とまったく同じ構造といっていいでしょう。つまり、僧と稚児の歌では、男女の恋歌と変りない表現がなされているわけですが、重要なのは、そこに人為的に作り出された性差であるジェンダーが現れていることです。

男女の場合、古代の歌垣《うたがき》以来男が誘いの歌を詠み、女が答える、という定型がありました。女からは詠みかけないのが決まりです。また、「夜離れ」を恨んで我が身の悲しさを歌うというのは、常に待つ身であった女の歌の特徴です〔折口 一九三〇〕。

このように、和歌には男女のジェンダーが刻印されており、それが和歌の伝統を作ってきたといえます。これを僧と稚児の和歌に当てはめると、常に詠みかけるのは僧である点で、僧は男のジェンダーということになります。それに対して稚児は、先に見たように「夜離れ」を恨む「女歌《おんなうた》」を多く詠んでいますから、女のジェンダーになっていると考えてよいと思うのです。

和歌における性役割は、当然ながら現実の関係を投影したものだったでしょう。恋愛において、男は女のもとへ通い、女は常に待つ身である、という現実が和歌にも反映された結果、「女歌」の特色が生み出されたことを考慮すれば納得できます。先に細川氏の言葉を引用したように、僧は稚児の全人格・全身体を自らに従属させることができるのです。稚児にとって、僧は愛人である以上にひれ伏すべき権力者・絶対者であったはずです。

土谷恵氏が、稚児の絶対的な服従を強いられていたことを、仁和寺御室《にんなじおむろ》と呼ばれた守覚《しゆかく》法親王《ほつしんのう》の手になる『右記』によって示しています〔土谷 一九九五〕。『右記』には、稚児の守るべき厳しい掟や作法が事細かく記されていますが、なかでも重要なのは、師弟関係を父子関係や君臣関係になぞらえながら、師匠への奉仕と従属を繰り返し説いている点です。性を含む身体さえも、むろん例外ではなかったでしょう。
この主従関係は、男性と女性のジェンダーの関係にほぼ等しかったと見てよいでしょう。男性が女性の性を支配したのと同じく、僧も稚児の性をほしいままにしたのです。その意味では、性愛における稚児のジェンダーは受動的かつ従属的な弱者であり、すなわち「女性的」であったといえるのではないでしょうか。

〈資料〉①

弟子なりけるわらはの、ことかたにかよふよしひとの申しければ、はるのころつかはしける　　増恵法師

しらざりきそがことのはにをく露のはなにうつろふこゝろありとは

うらみける僧のもとにつかはしける　　東北院文王

ちぎりをばあだにむすびてくさのはのつゆもすごさぬ身をうらむらむ

（未刊国文資料『楢葉和歌集』）

〈資料〉②

あひしりける人のひさしくをとづれ侍らざりければ申しつかはしける　　蓮蔵院松菊丸

我もはや忘れはてぬといひやらんかへりてしたふ心ありやと

〈資料〉③

としごろ同宿し侍ける僧におもひの外にはなれてあづまにすみけるがたよりにつけて申送り侍け

る

平磯のいはまの波のうつせ貝くだけてもまたあふせありせば

大智院月光丸

〈資料〉④

七月の比、蓮蔵院の徳寿丸をみて同宿の実禅阿闍梨がもとへ申しつかはしける

初秋のはつかに見えし花薄まぬかぬ袖も露ぞこぼるゝ

阿闍梨亮深

（②〜④『続門葉和歌集』『続群書類従』より。なお③は『新編国歌大観』により校訂）

外見上ほとんど変りない稚児と女性

次に、稚児物語における稚児と僧の関係を探ってみたいと思います。先に確認したように、和歌の世界では当時の男女関係が僧と稚児の関係に重ね合されていましたが、物語でもその傾向が強いと感じられるからです。

ここではとくに、稚児の外見の描写を通じて、稚児と女性が接近した存在と見なされていたことをみていきます。

まず、稚児の姿の描写ですが、ある程度定型的な表現は見られるものの、美しい女性を描写する際に用いられる表現が多く目につきます。稚児物語に登場する稚児は、いずれもその美麗さが讃えられているのです。稚児物語には先に挙げた『秋夜長物語』『あしびき』『上野君消息』をはじめとして、『幻夢物語』『弁の草子』『鳥部《とりべ》山《やま》物語』『嵯峨物語』『ちご

いま』『松帆浦物語《まつほのうら》』のほか、絵巻の形態を有する『稚児観音縁起』『稚児草子』が数えられます。これらの中から、稚児の様相を探ってみましょう。いずれの物語でも、稚児とその相手（僧だけではなく、公家も含まれます）が初めて出会う場面に稚児の姿の詳しい描写が出てきます。

稚児物語の先駆的な作品に『上野君消息』があります。比叡山の稚児が十六歳で受戒し、修行の旅に出ます。彼は美濃の寺から師匠であった僧へ消息を出すのですが、その内容が作品のほとんどを占めています。もと稚児の僧は、京の法輪寺へ詣でたとき、十四、五歳の美しい稚児と出会い、問答を交わしますが、その稚児の姿は、〈資料〉⑤（二九頁を参照）のように描写されています。

意味のとりにくい箇所もありますが、「をさなひたる物」とは、「幼びたる者」の意でしょうか。注意すべきは、僧から見た稚児の姿が稚児か女か見分けがつかなかった、という点です。細かな記述はありませんが、稚児は眉を作り化粧をするのが常ですし、稚児が着ていた小袖《こそで》は男女とも普段着として用いる着物ですから、女性と間違えてもまったく不思議はありません。つまり、先の黒田氏の指摘のように、外見からは稚児と女性は区別できないのです。

ほかの物語からもいくつか類例を挙げることができます。〈資料〉⑥を見て下さい。

人物を桜などの花の美しさにたとえることは、男性が女性の美を讃えるときに用いる修辞法ですから、ここからも稚児と女性との距離がきわめて接近していたことが知られます。

これはひとり児物語だけの特性ではなく、ほぼ同じ時代に成立した幸若舞曲《こうわかまい》「満仲」でも、優雅な幸寿丸という稚児を〈資料〉⑦のように表現する箇所があります。

こうした表現は、男女の間に展開する恋物語の一場面に置き換えても少しも不自然さを感じないものです。したがってこれらは、明らかに成人男性が稚児を女性と同じ性愛の対象として賞翫していたことを物語っています。

また、幸若舞曲の「常磐問答」には、源義経の母である常盤御前が、女人禁制とされる鞍馬寺《くらまでら》の内陣に上がり込んで仏事を始める場面があります。そこへ来合わせた別当《べっとう》の東光の阿闍梨《あじゃり》は、「美しい女が本尊の前に坐って、念誦の途中のようだ」という様子に驚きますが、まさか女人結界の内陣に女が堂々と立ち入っているとは信じられず、「よその寺院の稚児が女のまねをして、うちの寺を侮辱しようとするため」だと思います。ということは、東光の目には、れっきとした女性である常磐御前も稚児に映ったということでしょう。稚児であれば内陣に入ってもいいわけですから。

寺を笑う云々は、稚児が女性の格好をして女人禁制を侵犯したように見せかけたいたずらだと思ったのでしょうが、よく見るとやはり「破戒無慙の女」であった、という挿話です。稚児も女も、ほとんど見分けがつかないことをこの話は示しています。

室町時代に成立したといわれる『義経記』にも例が見えます。都落ちする源義経一行に、彼の北の方も同行するという場面です。武蔵坊弁慶は、「北の方が同行されるのなら、稚児の姿になさってご一緒なさいませ」と、北の方を稚児に変装させて連れていく計画を持ち出します。こういう発想が出てくること自体、稚児がそのままでも女性と酷似した風俗をしていたことの証拠になるでしょう。

北の方の「背丈よりも長い」髪は腰の辺りでふっつりと切られ、裾を削いで高く結い上げられます。これは稚児まげというものです。そして稚児独特の眉を作り、装束には白い大口袴をはき、小袖、帷《かたびら》、その上に直垂《ひたたれ》を着けます。こうしてでき上がった旅装束は、稚児が師の僧に従っていくさまと変りないものになったのです。

このように、稚児と女性は外見上ほとんど変りなかったのです。もちろん、稚児には独特のまげや眉作りなどの風俗がありますが、変声期を経ない少年にはひげもなく、中性的な体をしていますから、女性にきわめて近いといっていいでしょう。衣装や化粧を少し工夫するだけで、稚児と女性は互換的な存在になるのです。

このことは、すでに研究者によって指摘されています。市古貞次氏は、

> しかし男色に重きをおく作品にあっては、児を僧侶の恋の唯一の対象と考へる結果、児をふつうの恋愛談の女の位置にするゑて表現する——いはば児の女性化が行はれざるを得なかった。〔市古　一九五五：一四〇頁〕

と述べていますし、廣田哲通氏もまた、稚児には「うちしほれたる風情」のような独特の表現があることとともに、次のような指摘をしています。

（前略）ここでも梅若（『秋夜長物語』の稚児—田中注）の描写（中略）は、『はちかづき』や『物くさ太郎』、高安本『蛤《はまぐり》の草子』などの美女の描写である。（中略）このような一端の事実をふまえても、児の描写は（中略）美少女の描写をもあわせもっていることを理解しえよう。

（廣田　一九九〇：五五頁）

参考までに『はちかづき』（赤木文庫本）から女主人公の美貌の描写を抜き出してみると、〈資料〉⑧のようなぐあいで、先に引いた稚児の描写とほとんど違わないといってよいのです。

また、『鳥部山《とりべやま》物語』は、男女の恋愛を描いた『李娃《りあ》物語』と設定などが酷似しており、二作品の前後関係はわからないものの、稚児物語には男と男の恋愛を女と男のそれに置き換えても通用するような構造があったといってよいでしょう。つまり、稚児と女性とは、姿形だけでなく、相手の男性に対するジェンダーまでもが非常に近いものになっていると考えられるのです。

〈資料〉⑤

月あかくて、心澄み侍る程に、人影のするを見れば、児か、女房か、をさなひたる物の、小袖ばかり着て参るなりけり。……見れば、歳十四、五ばかりの児の、形、事柄あでやかに、姿ありさま、なへ(べ)てならず、おおかた、まみ、口つき、かふしゐすまい、たとへむ方なし。

(『上野君消息』室町時代物語大成)

〈資料〉⑥

(1) 此の児を見れば、旅心労にや、物思わしき姿にて、うちしほれたる風情なり。世間のよそおひ静かにして、春雨のしぼめる夜の桜花、あけぼのゝ柳の糸に乱れる御髪ゆふ〳〵として、詞にも述べがたし、絵に書くとも、筆に及ばず。

(『幻夢物語』室町時代物語大成)

(2) 年のほどまだ二八にも足り給はぬほどなるが、いろ〳〵に染め分けたる衣、いとなよやかに着なして、ながめ給へる様体、頭つき、後手なんど、この世の人とも思われず、あでやかなるさま、はかりなし。

(『鳥部山物語』室町時代物語大成)

〈資料〉⑦

大かた姿尋常にして、楊柳よりもたほやかなり。膚は白雪のごとし。あたか(も)十五夜の月のごとく、一たび笑めば百の媚あり。

(「満仲」『幸若舞1』東洋文庫)

〈資料〉⑧

年のころ、十五、六ばかりにて、髪のかゝり、せい(背―田中注)のほどつき、顔の愛敬、におやかに、形を物にたとふれば、雲居の桜、あけぼのに、霞の間に咲き出て、にをひのもるゝ、風情なり。

（『はちかづき』室町時代物語大成）

髪へのフェティシズムと両性具有

さらに踏み込んでみると、稚児の描写にはしばしば髪についての記述が目につくことがわかります。単に姿や風情を愛《め》でるだけではなく、髪という具体的な「モノ」への執着心が感じられるのです。それは女性の場合と同じく、髪への愛着を語ることで、髪の持ち主への性的関心を吐露する行為にほかなりません。

たとえば、稚児物語の代表作といってよい『秋夜長物語』では、数度にわたって稚児・梅若の髪についての記述が登場しています。〈資料〉⑨（三三頁）にあげたので参照して下さい。

(1)は、梅若を僧・桂海が見染める場面、(2)は結ばれた二人の「後朝」における稚児の姿、そして(3)は、自分のために比叡山と三井寺《みいでら》とが争ったことを悲しみ、瀬田川へ入水自殺したときの梅若の様子です。どのシーンにも、ゆらゆらと、またはらはらと揺れる髪の描写がなされており、梅若の美しさを象徴するものになっていることがわかります。こうした稚児の髪へのフェティシズムは、もちろん女性の髪へのそれとも通じ合うものです。

女性の場合、髪は成人しても切ることはなく、長ければ長いほど美しいとされてきました。しかし、女性の垂髪《すいはつ》は古代のように成人にともなって髪上げをすることがなくなった結果生まれた習俗で、男性も成人までは同じ髪型です。これを童髪《わらわがみ》といいますが、いうなれば女性は成人してもその印を髪に示すことなく、童髪を放置することになるわけです。三田村雅子氏は、このことについて興味深い指摘をしています。

髪上げをしなくなった女子は、以後社会人たる標識を持つことなく、自然状態のままの髪を「童髪」のように伸ばし続けることになるのである。〔三田村 一九九六：四六頁〕

氏の言葉を借りると、女性も稚児も「童髪」のまま社会から隔離された「自然状態」を続けることになり、髪を上げ、烏帽子《えぼし》を着け、社会的な統制に基づいて行動するようになった成年男性とは異なった存在であることになります。垂髪は、女性と稚児にとって「無秩序」「非統制」の標識になるわけです。

稚児と女性の接近はここからもうかがえるのですが、ただ、稚児と女の髪がまったく同じ位相で男性の視線を受け止めているかというと、そうではない気がするのです。

稚児の髪は、単に長い髪を誇る女性の代用品として語られているだけではありません。稚児物語と同時代に成立した「室町時代物語」と呼ばれる一群の物語では、「翡翠のかんざしたをやかに」（『ものくさ太郎』）のように、女性の髪の描写が定型化・固定化してしまっているきらいがあります。それ以前の物語などではしばしば女性の髪の美しさが愛でられるのですが、それは長さであり豊かさであり色艶であって、いうなれば静的な状態における美です。たとえば、平安後期の物語である『狭衣物語』には、女主人公の源氏の宮の美を描写するのに、〈資料〉⑩のような表現がなされています。

こうした重量感に満ちたたおやかな髪の描写を稚児の場合とくらべると、明らかに稚児の髪には「ゆらぎ」「乱れ」という要素が強いように思われます。このことは、女の童ではありますが、『源氏物語』「若紫」で、若紫が登場する場面の、「髪は、扇を広げたるやうにゆら〱として」という描写と通じ合うでしょう。

稚児や童の髪は常にゆらゆらと乱れているという点で、成人女性とは異なる美意識によって賞翫されるのです。しかしそこには、静かな髪に対するのとはまた異なったエロティシズムが醸成されています。僧が稚児を見る視線の中には、ゆらぐ髪への思いが込められていたのだと思われます。

これに関しては、『弁の草子』で、十五歳になった千代若が出家するため髪をそることになったのを一山の僧たちはこぞって惜しんだので、千代若は尼削ぎにして受戒したという、〈資料〉⑪のようなエピソードが想起されます。

乱れる長い髪も稚児の魅力なら、肩すれすれに切り揃えた尼削ぎさえ美しく感じられるというのです。髪が稚児の魅力の大きな部分を占めていたことは、『あしびき』で、継母のいじめにあって髪を元結いのところから切られてしまった稚児が、「今はもう、こんな姿では山に上ることもかなわなくなってしまった」と悲しんでいることからもうかがえます。

この「山」とは比叡山のことですが、髪を切られた姿では僧の寵愛も受けられまいという意味なのです。稚児にとって髪がいかに重要なものであったかが知れましょう。

先に見たように、稚児には稚児の髪の描写の特性がありましたし、成人女性も同様でした。稚児は成人女性の代用ではなく、独自の美を備えた存在なのです。その美とは、大人にならない童の美、両性具有的な美ということになるでしょう。もちろん、稚児とは男が女の形を真似て作られるものですが、稚児の年齢による中性的な身体を勘案すれば、化粧や長い髪などは単なる女装とはいえず、曖昧な両性具有者の美というべきものなのです。

〈資料〉⑨

(1) 梅（海カ）松熊《ふさ》のごとくに、いふ〳〵と、かゝりたる髪の裾、柳の糸に打ち縛《まとは》れて、引き留たるを、ほれ〴〵と、みかへりたる、目つき、顔はせ、いふばかりなき様、

(2) 寝乱れ髪の、はら〳〵と、懸りたる、はづれより、眉の匂、ほけやかに、ほのかなる、顔はせの、思ひは色深く、見えたる様、

(3) あるもむなしき、顔はせにて、丈なる髪、流れ藻に、乱れかゝりて、岩こす波に、ゆられいたるを、

（『秋夜長物語』室町時代物語大成）

〈資料〉⑩

……額の髪のゆらゆらとこぼれたまへる、裾はやがてうしろとひとしう引かれいきて、こちたうたなはりたる裾のそぎ末、幾年を限りに生ひゆかむとすらむと、ところせなげなるものから、たをたをとあてになまめかしう見えたまふ。（巻二）

（『狭衣物語』新潮日本古典集成）

〈資料〉⑪

あまそぎ髪の、ふさやかに、御顔にちりかゝりて、うつくしき御眉の、あらわれしを、たとえていはゞ、是や霞の間より、かば桜の、にほひたると、紫式部が書きたりし、言の葉や、さながらと見へたり。

（『弁の草子』室町時代物語大成）

ジェンダーを逸脱した稚児

いま少し稚児物語から離れて両性具有という問題を考えるならば、『源氏物語』と『とりかへばや』を視野におさめておく必要があるでしょう。

『源氏物語』では、主人公の光源氏がそもそも両性具有的な雰囲気を持って登場しています（河添　一九九五／立石　一九九一など）。

〈資料〉⑫（三八頁）を見て下さい。源氏が十二歳で初冠をしたときの記述です。

ここからは、稚児ならばもっとも初々しい美しさが発散するであろう十二歳の少年を「男」にしてしまうことを惜しむ気持ちが汲み取れます。「男」になることは髪を上げて烏帽子で隠してしまうわけですから、少年のゆらゆらした髪の美しさは失せてしまうのです。つまり、光源氏の両性具有性は、男女の区別をしない童時代の美を強調することで照射されるのです。

源氏の両性具有性は、外見だけにとどまりません。空蟬の弟である小君との同性愛関係も指摘されています。それは空蟬を意のままにできず、その弟である小君とともに臥すという、〈資料〉⑬のような場面があるためです。

手で小君をまさぐるなどの行為は稚児愛を想起させます。源氏は、髪のそれほど長くなかった空蟬を思い浮かべながら小君の髪を愛撫しますが、これは小君が空蟬の身代りであるということを必ずしも意味しません。源氏は、小君を少年として性愛の対象に選んだと思われるのです。髪がさほど長くない、という箇所も少年の場合当然で、むしろ髪の丈が積極的に稚児愛を喚起していると読むこともできましょう。

小君がここで「男」というジェンダーを越境しているとすれば、源氏も同じだといえないでしょうか。二人は男どうしの愛を交わしたのではなく、両性具有の性向を持つ者たちが愛し合うという複雑な関係になっているのです。小君の髪は童髪に近く、彼が「彼」でもなくまた「彼女」でもない中性的なジェンダーであることを示しているのです。

ジェンダーを越境することと髪の描写の関わりは、『とりかへばや』にも顕著に見出すことができます。この物語は、母違いの兄と妹が、前者は「女性」らしく、後者は「男性」らしいジェンダーを持っていることに端を発するさまざまな事件を綴ったものです。そのまま兄弟は成長し、兄は女装して尚侍《ないしのかみ》として出仕し、妹は男装して中納言となりますが、彼女が配偶者として迎えた四の君との間には、当然ながら男女の関係は発生しません。

そこに、二人の異性装を見破る重要な役割を課せられた宮の中将という人物が登場します。宮の中将は四の君と密かに通じたうえ、「女中納言」にもいい寄るのですが、それは明らかに「男と男の恋愛」としてでした。つまり、宮の中将は女性とは知らずに中納言に接近し、実際に中納言の身体を見て初めて女性と悟るのです。これは、中納言が男の外見をしながらも男を引きつけずにはおかぬ魅力があったことを示します。その魅力は女性的な魅力ではなく中性的な魅力だったといえるでしょう。

また、尚侍となっている兄も自分が仕える女東宮《とうぐう》と密かな男女の関係に陥ってしまいますが、これも当初は「女と女の恋愛」の様相を帯びたものでした。結果的には男女の仲となった女東宮も、よもや尚侍が男性であるとは知らずに身辺に近づけたわけです。

このように、異性装の兄弟はともに男女の境界を超えた魅力を持ち、ジェンダーにおいても非常に曖昧な存在として描かれています。たとえば、単に女性が男装しているから彼女は男のジェンダーである、とは断言できないのです。二人は、男女の境界を超越・逸脱した中間的(ニュートラル)なジェンダーを持つと考える方が妥当でしょう。

『とりかへばや』についての前置きが長くなりましたが、この物語で気になるのは、兄妹が初めて登場する場面でいずれも髪の描写がなされていることです。まず、兄の描写を掲げてみましょう。〈資料〉⑭です。

セックスは男性でありながら、身の丈に七、八寸もあまるほどの髪というのはまるで女性そのものの外見です。「物語に扇を広げたるなど」という箇所は、先にも引用した『源氏物語』の若紫登場の場面における髪の表現のことです。それは、童の象徴ともいうべき「ゆらぎ」と「乱れ」を有する髪の表現ですが、ここで男君については否定的な言辞の中で使われています。

つまり、男君の髪は「ゆらぎ」や「乱れ」のない静かな状態を愛でるべき女性の髪と等しいのです。ただ、否定しながらもわざわざ「扇を広げたるなど」という一節を持ち出しているのは、男君が実は女性的な規範にのっとった髪を持ちながらも、童のような中間的なジェンダーの範疇にあることを意味しているのではないでしょうか。

このことは、妹である女君についてもまったく同じことがいえます。〈資料〉⑮を見て下さい。

女君の髪は身の丈ほどはないが、裾などが「扇を広げたらんやう」であると表現されている点に注目したいと思います。この言葉が、女君もやはり童と同じジェンダーの持ち主であることを物語っていると考えるからです。女君の方は男装するわけですから、「扇を広げたらんやう」な童のような髪は烏帽子の中に隠されてしまい、見ることはできません。

しかし、「男」の装束の内実には、童髪に象徴されるような逸脱したジェンダーが厳然として存在するのです。女君も男君も、互いに男装・女装して、外見上は成年男女のジェンダー／セックスを装ってはいますが、中味は男でも女でもない曖昧なジェンダーを持ちつつ生活しているわけです。

こうした兄と妹のニュートラルなジェンダーは、童髪という回路を通じて稚児と結ばれていましょう。とくに、男性というセックスに女性の装束を被せた男君の場合、まさしくそのありかたが稚児と通底していることに気づきます。彼もまた、「男尚侍」でありながら男性たちから「女」として賞翫されたからです。稚児もまた女性の代用品ではなく、『とりかへばや』の男君のように、男女のジェンダーを逸脱した存在といっていいのではないでしょうか。

〈資料〉⑫
この君の御童姿、いと変へまうく思せど……みづら結ひたまへる頬つき、顔のにほひ、さま変へたまはむこと惜しげなり、……いときよらなる御髪をそぐほど、心苦しげなるを、（桐壺）

〈資料〉⑬
手さぐりの、細く小さきほど、髪のいと長からざりしけはひのさま通りたるも、思ひなしにやあはれなり。（空蟬）

（『源氏物語』日本古典文学大系）

〈資料〉⑭

御髪は丈に七、八寸ばかりあまりたれば、花薄の穂に出たる秋のけしきおぼえて、裾つきのなよなよとなびきかゝりつゝ、物語に扇を広げたるなど、こちたく言ひたるほどにはあらで、これこそなつかしけれ。（巻一）

（『とりかへばや』新日本古典文学大系）

〈資料〉⑮

御髪もこれは長さこそ劣りたれ、裾などは扇を広げたらんやうにて、丈にすこしはづれたるほどにこぼれかゝれる様態・頭つきなど、見るごとに笑まれながらぞ、（巻一）

（『とりかへばや』新日本古典文学大系）

貧乏な僧と美しい稚児の〝不思議な説話〟

今までみてきたように、稚児は単に少年を女装させて女性のジェンダーを獲得させたものではありません。稚児は外見上も、また師匠に従属・隷属するという内実も女性のジェンダーと通じ合う部分がありますが、いくらかは女性のジェンダーと重なり合うところがあるとしても、まったく同じではないということがわかります。稚児のジェンダーを一口にいうと、男でも女でもない中間のジェンダー、どちらにもなれるジェンダーといえるのです。

このニュートラルなジェンダーは、僧や貴族などの成年男性と対したときには、彼らのジェンダーが男のそれであるため、女のジェンダーへと傾斜を深めるのです。しかしそれは相手のジェンダーに触発されて相対的に女のジェンダーへ近づくのであって、女のジェンダーとぴったり重なり合うことはないのです。しかも、稚児は性愛において限りなく女に近い役割を果たすのですが、出産することだけはできないのです。

稚児と女性のセックス／ジェンダーでもっとも大きな違いを見せるのは、出産能力です。これに関して、不思議な説話を紹介しておきましょう。平安末期成立の『今昔物語集』巻一七ノ四四「僧、毘沙門《びしゃもん》の助けによりて金を産ましめて便りを得ること」です。

ある貧乏な僧が、京の一条の北辺りで十六、七歳の美しい稚児がふらふら歩いているのに出会います。聞けば、連れの僧とはぐれてしまって行くところもないとのこと。火を灯して見ると「色白で、ふっくらした顔だちが、かわいらしく、気品があることかぎりない稚児だったので、喜んで彼を自房に伴い帰ります。そのうち二人は愛し合う仲となりますが、生まれてから母親しか女性に接していない僧は、稚児との性関係に不可思議な思いを抱くようになります。今までの稚児とは異なり、「何となく、心がやわらぐように」思うのです。

これはもしかしたら稚児ではなく女というものなのかもしれない、ならばありのままにいってくれ、と僧は稚児に迫ります。すると稚児は、「もし私が女でございましても、ふだんは稚児と語らいなさっているようにおふるまいなさいませ」とおかしげにいうのです。僧は、その言葉で彼が彼女であったことを知り、女犯の罪にとらわれた我が身を嘆きます。

そのうち稚児のふりをしていた女は妊娠し、遂に出産のときが来ますが、生まれたのは子供ではなく金の塊で、女は姿を消してしまいます。ここで僧は悟ります。いつも信仰していた鞍馬寺の毘沙門天が貧乏な自分に富を与えるため、あの稚児を寄越したのであったと。僧は失った女の面影を恋しく思い、女犯もひとえに毘沙門天のたくらみであったのかと感慨にふけるのでした。

この説話には、いくつかの疑問点があります。毘沙門天はなぜ僧を助けるためわざわざ稚児のふりをした女を遣わしたのか。なぜ、僧は仏教で禁じられている女犯を犯さなければならなかったのか。富を与えるだけなら、もっと他の方法があったはずです。

毘沙門天とは、インドの神から仏教の守護神として吸収されたもので、吉祥天と夫婦だと考えられていました。この夫婦神の和合の力は双身毘沙門法《そうじんびしゃもんほう》などの修法に取り入れられており、性愛の神として法力を発揮したのです〔田中　一九九三〕。鞍馬の毘沙門天の場合も、僧に性愛を通じて和合の力を送り、それによって金を得さしめるという方法をとったものと考えられます。

毘沙門天の力は、あくまで女と男の異性愛的な関係においてでなければ発揮されないのです。むろん、女を稚児に化けさせたのは、僧院で人目を引かないようにという現実的な意味合いがあったのでしょう。

ちなみに、女が稚児となって僧のもとへ送り込まれた背景には、それ以外の意味があったと思われます。女が男の、あるいは男が女の格好をする異性装は、シャーマンとしての要素を有しています。たとえば、男の装束である水干《すいかん》に烏帽子をかぶる白拍子《しらびょうし》や、女装した男巫の持者《じしゃ》などがそうで、これのトランスジェンダー（越境するジェンダー）には呪力が生まれるといわれています〔西山　一九九六〕。

女を模して美しく飾り立てた稚児を女が演じるというのは、性差の逆転をさらに逆転させたことになり、複雑にねじれたトランスジェンダーが出現するわけです。したがって、稚児を媒介者として毘沙門天の呪力が強く発揮されたと考えるべきでしょう。

僧の相手が女性でなければならなかった理由はもう一つあります。子供を産む、という行為は、稚児にはできないからです。説話では、金塊を「子金《こがね》」と呼ぶ語源の説明のために出産を持ち出したように見えますが、そうした語呂合せだけではなく、大切だったのは、出産によって子ではなく金という富をもたらす稚児の存在だったのではないでしょうか。

ここからは稚児と女性の類似の中にあるたった一つの相違点、すなわち出産能力があぶり出されます。稚児のセックスとジェンダーは限りなく女性に近いといえるのですが、何ものかを産み出す能力だけは欠けています。出産能力のみが、女性に課された唯一の女性的セックス／ジェンダーだといえるのです。

この説話で稚児は、（本来女性ではあるのですが）トランスセックス／トランスジェンダーとして位置付けられています。そして、僧の精液を受胎して本物の子供ではなく富が孕まれるという結果になっています。つまり、身体は女性であっても、この稚児は単に通常の出産能力を持つ女ではなく、男女両方の性を持ち合せているのです。

この両性具有的な存在は、稚児として見れば僧の清浄さを保つ性の相手となり、女性として見れば僧に「子金」という利益を産み出すことのできる便利な存在となるのです。稚児としての神聖さと出産能力を兼ね備えたこの説話の稚児は、まさに稚児の両性具有的な面を体現しているといえるでしょう。

厳しい口伝に支えられた「隠処の作法」

さて、先に稚児のジェンダーが相手との力学によって揺れ動くものであることを確かめたわけですが、ここで問題となるのは、稚児のセックスを単純に男性としていいのか、ということです。たしかに、稚児の身体は男性です。相手の男を受け入れるのは、女性器ではないのです。この厳然たる事実の前には、何ら疑問が湧く余地はないのかもしれません。しかし、セックスとは単に生まれながらの身体の構造のみによるものなのでしょうか。

一見、自明のような生物学的な性差ではありますが、セックスが「事実」であり、ジェンダーが文化的な所産であるということの背景には、あまりにセックスを単純に割り切りすぎている今までのセックス／ジェンダー論の陥穽があるのではないでしょうか。

私見を述べますと、セックスというものはジェンダーの動かしがたい前提にはならないのではないか、と思います。稚児のありかたを見ていると、そのセックスとジェンダーの間に亀裂が生じていて、単純な二元法によって稚児のセックスを「男」だとすることは無意味なように思えるのです。難解な論ですが、ジュディス・バトラー氏は、

二次元なジェンダー・システムを前提とすることは、ジェンダーはセックスを映す鏡であるとか、あるいはそれ以外の方法でセックスに規制されているという、セックスにたいするジェンダーの擬態的関係を、暗黙のうちにまだ信じていることなのである。構築されたものとしてのジェンダーの位置はセックスとは根本的に無関係だと理論づけられるとき、ジェンダーそれ自身は自由に浮遊する人工物となり、その結果、男および男性的がオスの身体を表すのとまったく同じようにたやすくメスの身体を表したり、女および女性的というのがメスの身体と同じくたやすくオスの身体を表したりするようになるかもしれない。（傍点ママ）

〔バトラー　一九九四：一一九頁〕

と述べています。身体の生物学的な特徴＝セックスがジェンダーを左右したり拘束したりするのではなく、ジェンダーはセックスとは関係なく発生するものだというのです。それ

ならば、セックスの方もジェンダーと切り離して考える必要が出てきましょう。

　この論を稚児にあてはめて考えるならば、稚児のジェンダーは「男」というセックスに何ら規制を受けていない、ということになります。逆にいうと、稚児のセックスを男性であるとする「事実」さえ、危ういものになってしまうのです。そこで、稚児と僧の性愛に深く関わる児灌頂《ちごかんじょう》という仏教儀礼を中心にして、稚児のセックスとは何かということを考察してみたいと思います。

　児灌頂とは、「灌頂」が仏教の入門儀礼の意味であることからわかるように、ただの少年を稚児という特別な存在へと変えるための重要な儀式です。この儀礼に関わるテキストは現在五種類が知られており、いずれも天台宗の寺院に伝えられてきたものです。

①　弘児聖教秘伝私（一巻）叡山天海蔵
②　児灌頂私（一巻）叡山天海蔵
③　児灌頂私記（一巻）真如蔵
④　児大事（一紙）双厳院
⑤　児灌頂次第（一巻）無動寺

　この他に、真言宗の醍醐寺に蔵される『少人講式』（一巻）も阿部泰郎氏によって紹介されています〔阿部　一九九〇〕。

　これらは、密教的な色合いの強いもので、僧の入門儀礼になぞらえて稚児の生成過程を記したテキストです。阿部氏の解説によると、深夜、本尊である観音――いうまでもなく、この観音は稚児と同体と考えられています――をまつる道場に稚児となる少年を袴だけの半裸身で引き入れ、阿闍梨が印明を与え、誓水を施し、化粧をしてやり衣服と冠を着けさせます。そして今度は稚児を高座に据え、加持と灌頂をし、秘密の偈《げ》を授けます。これで、少年は単なる「人の身」から、神聖なる稚児、観音の化身である稚児へと変貌を遂げたことになるのです。これが天台宗特有の児灌頂の方法であり、この他に、テキストには稚児の守るべきさまざまな掟が些細な点にまで言及されています。

天台宗では、「一児《いちちご》二山王《にさんのう》」といって、比叡山が開かれたとき稚児と山の地主神である山王権現が大きな役割を果たしたとされています。そのため、稚児は性愛の相手であると同時に崇めるべき神仏でもあるというのです。これが、仏教における稚児の特殊な地位であり、児灌頂の根本的な考え方となっています。

稚児はまた、僧を救済する者であるとも考えられていました。児灌頂において阿闍梨が稚児に授ける教化には、「今、この灌頂を授くるとき、阿字出でてまさに汝は観世音菩薩となるなり。観音は慈悲をもって観音となすなり。ただ、願ふらくは、汝、慈悲ありて一切衆生《しゆじやう》を教へよ」という文句が見えます。

一切衆生の中にはもちろん僧も入っているのであり、性愛を通じて僧を救済するという役目も、この文句の裏には潜んでいると思われます。

残念ながら、叡山天海蔵の『弘児聖教秘伝私』は現在閲覧禁止となっていますので、詳しいことはわからないのですが、今東光氏の『稚児』にはその一部が紹介されています。それによると、「隠処の作法」という結願《けちがん》の夜の作法を記す口伝の条には、稚児と師である僧の寝所の作法が子細に語られているといいます。つまり、稚児が僧と性的な交渉を持つための作法です。これはとりわけ厳しい口伝に支えられており、稚児は決して師には背いてはならず、性愛の場面においてもあらかじめ決められた作法に従って従順にふるまうべきだといわれています。稚児の「法性花」（肛門）が僧の性器を受け入れたとき初めて、児灌頂のすべてが終わるのです。稲垣足穂氏はそれを「それは仏性の開眼にも等しい我性の開眼とでも言うことができる」と『少年愛の美学』で述べています。つまり、稚児が神仏と等しい存在になるためには、僧の淫欲を慈悲の力をもって受け入れる必要があるわけです。

聖なるものにして、性愛といういわば世俗の極みを備えた稚児——彼らのセックスは、生まれたときは男性であったでしょうが、いったん稚児となり、男性というセックスを持つ僧の性器を受け入れたときには、すでに生得のセックスは変質していると見なされます。稚児のジェンダーが中間的であるのと同様、そのセックスもまた、中間的なものへと変化したと思われます。

常に僧の「男性」を受け入れ続けなければならない宿命を負った稚児にとって、生得の

「男性」というセックスはすでに無意味なものになっていたことでしょう。バトラー氏の言葉を借りれば、稚児は「オスの身体」でありながら「女および女性的」なセックスを表わしているのです。しかしながら、稚児は出産することはできませんから、完全に女性というセックス／ジェンダーに移行したわけではないのです。

稚児といえば、男性というセックスが女装して女性のジェンダーを獲得したものと考えられがちですが、今まで述べてきたことを勘案すると、それでは矛盾を来《きた》してしまいます。稚児のセックス／ジェンダーは、僧という対象が存在するときにはそれに応じて揺れ動く曖昧なものなのです。つまり、ジェンダーだけが変るのではなく、セックスも同時に揺れるのが稚児の特性なのではないでしょうか。

性的に未成熟な身体のうちに稚児になるせいもあるでしょうが、受動的な性愛を強いられる稚児のセックスを「男性」だということはできないでしょう。この場合、セックスも「自然」ではなく、ジェンダーと同じく文化的・社会的な文脈の中で変化する可能性を秘めているのです。稚児という存在には、今まで考えられてきた「自然」で「自明」な二元論的セックスにゆさぶりをかける要素があるように思われます。

二元論を超えたさまざまな「愛のかたち」

以上、中世の稚児のセックス／ジェンダーについて考察してきました。その結果、稚児には従来のセックス／ジェンダー論を超えるニュートラルなセックス／ジェンダーが付与されていると考えられます。

軽々しく結論を出すべき問題ではないと思いますが、稚児をいたずらに神聖なものと考えるのは僧の側からの一面的なまなざしにすぎないでしょう。稚児の聖性も、僧が教義に基づいて人為的に作り出したものであるからです。しかし、もしなぜ稚児に聖性が見出されたのかという問題を問うとすれば、彼らのセックス／ジェンダーが、二元論に還元されない曖昧な輪郭を持っているからだと答えるべきではないでしょうか。聖なるものは、セックス／ジェンダーを超越したところに生まれるのではないかと私は考えています。

この話を聞いても、みなさんはまだ、男色を「変態的」だということができるでしょうか。異性愛が「正常」で、同性愛が「異常」だなどというのは、近代以降の社会が作り上げた考え方にすぎないのです。しかも、稚児の場合、単純に同性愛とはいいきれない複雑な問題を抱えているのです。「愛は平等」という近代的な恋愛観に縛られていた人は、「愛のかたち」がさまざまあること、しかしそれは決して常に対等なものではなく、時には搾取者と被搾取者の関係になりうるということを、心の片隅に刻んでおいて頂きたいと思います。

【引用・参考文献】

阿部泰郎　一九八五年　「慈童説話と児」（『観世』五二巻一〇・一一号）
同　前　一九九〇年　「即位法の儀礼と縁起」（『創造の世界』七三号）
市古貞次　一九五五年　『中世小説の研究』東京大学出版会
稲垣足穂　一九七三年　『少年愛の美学』角川書店〈角川文庫〉
岩田準一　一九七三年　『本朝男色考』岩田貞雄発行
折口信夫　一九三〇年　「女房歌の発生」（『折口信夫全集　第一〇巻』中央公論社）
鎌田東二　一九八八年　『翁童論―子どもと老人の精神誌』新曜社〈ノマド叢書〉
河添房江　一九九五年　「源氏物語の性と文化」（『文学』第六巻四号）
神田龍身　一九九五年　座談会「日本文学における男色」（『文学』第六巻一号）
黒田日出男一九八六年　「『童』と『翁』」（『境界の中世　象徴の中世』東京大学出版会）
同　前　一九八六年　「女か稚児か」（『姿としぐさの中世史』平凡社）
今　東光　一九四七年　『稚児』鳳書房
立石和弘　一九九一年　「『女にて見奉らまほし』考」（『国学院雑誌』一九九一年十二月号）
田中貴子　二〇〇五年　『外法と愛法の中世』平凡社ライブラリー
土谷　恵　一九九二年　「中世寺院の童と児」（『史学雑誌』一〇一編一二号）

同　前　一九九五年「中世寺院の児と童舞」(『文学』第六巻一号)
西山　克　一九九六年「異性愛と御釜」(『日本文学』四五巻七号)
B・ジュディス　一九九四年「セックス／ジェンダー／欲望の主体」(『思想』八四六号)
廣田哲通　一九九〇年「『秋夜長物語』考」(『仏教文学』一四号)
細川涼一　一九九三年「中世寺院の稚児と男色」(『逸脱の日本中世——狂気・倒錯・魔の世界』JICC出版局〔宝島社〕新装版は洋泉社)
松岡心平　一九九一年「稚児と天皇制」(『宴の身体—バサラから世阿弥へ』岩波書店)
三田村雅子一九九六年「黒髪の源氏物語」(『源氏研究』第一号)
南方熊楠　一九九一年『南方熊楠男色談義—岩田準一往復書簡』八坂書房
山折哲雄　一九八四年「翁と童子」(『神から翁へ』青土社)

中世王権と稲荷の「愛法」——稲荷行者と性器の呪術信仰

超人的な験力を得た〝稲荷山の行者〟

おぼつかな　鳥だに鳴かぬ奥山に　人こそ音すなれ　あな尊《たふと》修行者の通るなりけり

（『梁塵秘抄《りょうじんひしょう》』四七〇）

東山三十六峰が南に消えかかる尻尾のところに、稲荷山はある。京の近隣に位置する霊場であるためか稲荷参詣の模様は平安時代からさまざまな文芸に記し残され、とくに二月初午《はつうま》に行われる稲荷祭の頃は、京中の者がこぞって稲荷を目指したという(1)。しかし、山上から麓に祭り代えられた社への参詣者とは別に、本来のご神体である「お山」に登る人は今でも数多い。

稲荷山は一見なだらかなようであるが、実際に登り始めるときつい坂が多く、山の奥行が深いことを感じさせる。大宅世継《おおやけのよつぎ》が父に連れられて稲荷詣をしたとき、「傾斜のきつい坂を登りましたので、疲れてその日のうちに帰ることができ」なかったのは、必ずしも彼が年少であったせいばかりではなかろう（『大鏡』雑々物語）。そのような稲荷山は、古来修行者が籠って苦行にいそしむ奥山としても知られていた。

真言僧・浄蔵《じょうぞう》は三善清行の息として生れたが、幼少の頃より才気煥発、かつ仏道への思いが篤かったという。反対する父を振切り彼が選んだ修行の地はまさに稲荷山であった。

十三歳にして一人稲荷山の深谷に入り、難行苦行をし、世の人に知られることがなかった。その間仕えてくれた護法《ごほう》は、姿を現さずに花を摘み、化人や天童が互いにやって来て水を汲んだ。（『大法師浄蔵伝』）

浄蔵はほかに熊野や金峰山へも赴いているが、稲荷山がそれらの峻厳な霊場と比されることから、現在のわれわれが稲荷山に対して抱いている印象とは異なる厳しい山のイメージが髣髴とする。

ちなみに浄蔵の護法とは『浄蔵伝』によると稲荷入山以前から仕えていたものらしいが、稲荷にも頓遊行神《とんゆぎょうしん》、須臾馳走神《しゅゆちそうしん》と呼ばれる二名の護法がいた。『神道集』巻三ノ一四ではそれらは式神《しきがみ》と称されるが、単に稲荷神の式神というだけではなく、山岳修行者を守護する役割を負っていたことは間違いない。愛宕山などと同様、稲荷山にはおそらく相当古くから修験道の色あいを帯びた仏教が混在していたと思われる。

浄蔵の後にも稲荷山の行者は絶えなかったらしい。空海の高弟である真雅《しんが》や、同じく真言の仁海《にんがい》が著名である。『二十一社記』や『稲荷記』に見えるように、稲荷神は東寺の守護神として勧請されているので真言僧とのつながりが深いのは当然であろう。それだけでなく、東寺の塔が造営される際に使用された材木は東山の山々から調達されたものだったので(『性霊集』巻九)(2)、東山という場所の近さから稲荷山との関係付けが進んだようである。

稲荷山行者の伝統は室町時代に至るまで続き、十穀聖《じゆっこくひじり》と呼ばれる勧進聖へと姿を変えるが(『毎事問』)、老年の金春禅竹《こんぱるぜんちく》が稲荷山に参籠したおりには、「十石坊」という行者から護符を賜っている。(3)

私・禅竹は、若年の頃から歓喜天《かんきてん》に帰依する心がはなはだしく深かった。今、六十三歳に至り、老いて病に苦しめられているので、稲荷の十石坊という者が、歓喜天の行者でいらっしゃるので、七日間の病気平癒を祈念してもらうため、この天の御符を飲んだ。

(『稲荷山参籠記』)

熊野ほどではないにしても、稲荷参詣にはこうした行者が先達の役割を果たしていたのであろう。稲荷神の本地が歓喜天だという説は見られないが、歓喜天は稲荷神と習合している吒枳尼天《だきにてん》や弁才天と並んで修験山伏の信仰の対象であったし、(4) 守覚《しゆかく》の『拾要集』はこの三天の顔を持った夜叉神《やしやじん》という稲荷の使者が東寺に祭られていたことを記している。このような稲荷行者には、吒枳尼天法を成就して超人的な験力を得た者の面影が漂っていると考えてよいだろう。

ところで、こうした修験行者たちに関して、稲荷神や吒枳尼天の功徳を得た女性の説話が伝えられる。続いて、真言の行者たちの稲荷霊場信仰とこの説話はどのように関連付けられるのか、という問題を考えてみたい。

女の栄華と稲荷の「愛法」

春霞　たち交じりつつ　稲荷山　越ゆる思ひの　人知れぬかな　（『梁塵秘抄』、五一六）

十二世紀に活躍した覚鑁《かくばん》は多くの談義資料を残しているが、なかでも『打聞集《うちぎきしゆう》』（『真言宗談義聴聞集』とも）には説法の際に語られたと思われる因縁説話が豊富に収められている。その「菩提心論談義」の部分に、真雅《しんが》に関する他に類を見ない説話が記されるのである。少し長いので概要を示そう。

真雅が稲荷に籠って修行しているとき常に一人の男が食事を供していたが、ある日病のため娘をやったところ、事情を聞いた真雅はすぐに父の病気を治してしまった。真雅はなぜかその娘を陣に捨てよといい、清水観音に賜った娘ではあったが両親は泣く泣く従う。娘はその後宮中に拾われ、天皇の寵愛を受けて七人の男女を生んだ。一人の太子は好相ながら片足が短かったが、彼女は真雅に尊勝陀羅尼《だらに》を読んで貰って治す。そのため天下治り、真雅も除目《じもく》にあずかった。

（『興教大師全集』第三巻）

稲荷行者に奉仕した功徳によって娘が国母となったのは、真雅自身の行力もさることながら、稲荷神、あるいは吒枳尼天の利生を受けたおかげと読むべきだろう。この説話にきわめてよく似た構造を持っている説話が、仁海に関しても伝えられる。(5)

仁海が稲荷峰で一千日の修行をしたとき、祇園社の承仕法師の娘が毎日食を運んで来た。その功徳によって娘は祇園女御《ぎおんにょうご》となり、仁海は女御の帰依を受けて、段階を飛ばして直ちに僧正に昇進するという「一階僧正」になった。

（『渓嵐拾葉集《けいらんしゅうようしゅう》』巻三九）

京都・伏見稲荷大社の白狐社

この説話は「因物語云」として語り始められているので、談義の因縁説話であったことがわかる。従って、『打聞集』の場合と同じ位相の説話なのであり、十四世紀の『渓嵐拾葉集』の記事は長い談義の伝統の中で培われた因縁説話の一変奏と見られる。

巻三九は「吒枳尼天秘決」と題されており、祇園女御は明らかに吒枳尼天の功徳を得たわけだが、注意すべきは女御だけではその功徳が発現せず、仁海という行者が媒介となっていることである。両説話のいずれも、娘が特に后《きさき》の位を得るという野望を持っていたのではなく、稲荷行者に仕えることで結果的に「女の栄華」を得たとされるのである。

この娘たちが利益を蒙った稲荷の法とは、『新猿楽記《しんさるがくき》』の「第一の本妻」が修したことで知られる「愛法」に他ならない[6]。そこにも描かれ、また稲荷ではないが『沙石集《しゃせきしゅう》』巻一〇で、貴船に詣でた和泉式部が恥かしさの余り修するのをためらったように、愛法は性器に関する呪術という側面を多分に持っていたようである。そういえば『渓嵐拾葉集』には性器に関連した呪術的信仰がうかがえるこんな伝承も記されていた。

稲荷大明神の社壇の形は女性性器（開《つび》）を模したものであり、それゆえ万人が参詣し、崇敬するのである。　（巻六八）

こうした傾向は先引の『打聞集』にもうかがえる。原文には「ムスメヲモテ僧供一前ヤル時、行人ノ前ニ件ノ女人開テ出テタリ。見ハサケメ八寸」という難解な箇所が見られるが、「サケメ」から推測すると[7]「開」は女性性器を指し、「開テ」は「開ヲ」の誤写と思われる。つまり娘は八寸の「大陰」ということになるが、それはおそらく良縁に恵まれない不幸を象徴的に表しているのではないだろうか。愛敬神である稲荷はそうした不縁を転じて、娘に天皇という最高位の夫を得さしめたのである。

そもそも、稲荷神は「福徳敬愛ノ御本誓」をうたう神であり(『稲荷記』)、稲荷参詣の行列のなかには、つれない女を振り向かせたい男や冷えきった夫の愛を取り戻したい女などが連っていたのである。

『篁《たかむら》物語』や『今昔物語集』巻二八冒頭話などに描かれた、色好みの男たちが下向途中の眉目《みめ》好い女と出会う場面は、初午祭のここかしこで見られたことだろう。ただ、こういった個人レベルの愛法に解消できないものが、先引の二人の娘のように天皇の后や母となる女性の利生である。

女性と〈王権〉を媒介するエキスパート

異性の愛を祈るための稲荷詣は平安中期の女性の日記などに見られるが、院政期には次第に娘の入内を願う貴族が稲荷詣を勧める傾向が見え始める。一例として、『台記別記』

に記録された藤原頼長の娘の参詣を挙げよう。

今日、娘が石清水《いわしみず》と稲荷に参詣し、正月十九日の入内を祈った。

（久安四年〈一一四八〉七月十一日条）

また、世継の妻が若い頃稲荷山の坂道で見掛けた兼通の娘も、父の勧めに従って参詣したのだろう（『大鏡』「兼通」）。果たして彼女は円融帝に入内して堀川中宮と呼ばれた。愛法は、貴族が天皇という権力に接近し、皇子を生む女性が絶えないようにするための手段という側面が強調されたのである。後三条天皇の時、稲荷社への御幸が始められるようになった事実を考慮すれば（『古事類苑』）、院政期の稲荷信仰が皇室と密接な関連を保っていた様子が想像される。

稲荷の伝承を集大成して成った十四世紀の『稲荷記』は、稲荷の利生を得て国母や女御となった女性の物語をいくつか挙げている。たとえば、名前は不明だが仁明天皇の女御の場合や、後鳥羽天皇の母となった七条院殖子などである。しかし、『稲荷記』がもっとも重要視するのは、稲荷神の眷属神《けんぞくしん》である阿小町《あこまち》に命婦《みょうぶ》という名が与えられた経緯を示す進《しんの》命婦《みょうぶ》の説話である。

進命婦は稲荷を敬信すること篤く、藤原頼通の思い人となって三人の子を儲けた。子供はそれぞれ太皇太后（寛子）、関白（師実）、高僧（覚円）となって家は栄え、命婦は自分の名を阿小町に譲って感謝の意を示した。

『古事談』巻二、『宇治拾遺物語』六〇話にある類話では清水観音の利生となっており、『稲荷記』はこれに基づいて自社の霊験に置き換えたと考えられる。

積極的に稲荷の本誓が愛法にあることを説こうとする姿勢が感じられるが、そこには常に皇室と摂関家の権力をめぐる「愛」しか描かれない。女性が后の位を得ることの目的は、女性自身ではなくその家の栄華にあるからだ。愛法はその意味で、天皇即位の際に摂関から伝授される吒枳尼天法である即位灌頂《かんじょう》と実質的には表裏一体であるといえよう。「女の栄華」の物語に必ず稲荷の行者が登場し、彼の栄華が女性と一対に語られることは、この行者が吒枳尼天法のエキスパートとして、女性と〈王権〉を媒介する力を持つと意識されていたからではなかろうか。

男は吒枳尼天法、そして女は稲荷の愛法。吒枳尼天法と愛法は、ともに〈王権〉へ接近する階梯に他ならなかった。かくて現世の栄華を願う人はみな、稲荷へ向かうのである。

君が代は　千代も住みなん　稲荷山　祈る験の　あらんかぎりは（『梁塵秘抄』、五二一）

【注】

(1) 近藤喜博『古代信仰研究』(角川書店、一九六三年)、『稲荷信仰』(塙書房、一九七八年)参照。

(2) 「東寺の塔を造り奉る材木を曳き運ぶ勧進の表」。

(3) 伊藤正義『金春禅竹之研究』(赤尾照文堂、一九七〇年)参照。

(4) 『渓嵐拾葉集』巻六など。

(5) 田中貴子『外法と愛法の中世』(平凡社ライブラリー、二〇〇五年)第三部に詳しく述べた。

(6) 阿部泰郎「道祖神と愛法神」(『日本の神』第三巻、平凡社、一九九三年)参照。

(7) 「いかなる女御、后なりとも、腰に、さけの一二尺なきやうはありなんや」(『宇治拾遺物語』第一五話)などの例参照。

「狐に油揚げ」のルーツを探る——稲荷神への「供物」考

吒枳尼天に捧げる〝油で揚げた団子〟

十四世紀半ばに完成をみた『渓嵐拾葉集《けいらんしゅうようしゅう》』は、さまざまな教理や行法とそれにともなう口伝について記された大部な書物である。現在残っている部分には諸天に関する記述が多く含まれている。

なかでも、他書にはほとんど記されることのない吒枳尼天《だきにてん》についての記載が存する点が目を引く。「吒枳尼天秘決」と題された巻三九には、中世の説話研究にとってもきわめて興味深い因縁譚が載せられ、筆者も以前、その二、三を取上げて論じたことがある。なかでも真言僧・仁海《にんがい》と祇園女御《ぎおんのにょうご》が登場する説話は中世の宗教と文学との深いつながりを示唆するものだが、今回はこの説話を、稲荷神への供物《そなえもの》というまったく異なった角度から再度取り上げようと思う。

その説話とは次のようなものである。

一、一階僧正秘供の事。尋ねて言わく、一階僧正の秘法とはどのようなものか。答えて言わく、この僧正の「成就秘供物」とは、団子をこしらえて大豆粉をかけ、暖かなうちに供えるものであり、大変な秘物である。「一階僧正油子」というのはこのことである。ちなみに、この僧正は小野仁海のことと伝えられている。仁海は稲荷の峰にて一千日、この秘法を行った。今、僧正嶽と呼ばれているのがそれである。(以下略)

(大正新修大蔵経第七六巻)

略した部分は、修行中の仁海に食料を運んだ女性が天皇の后となり、祇園女御と呼ばれるに至ったという経緯が続くが、問題にしたいのは仁海が行ったといわれる「一階僧正秘供」である。

「一階僧正」とは、通常の昇進段階を飛ばして一気に僧正に補された人をいい、仁海だけでなく他にも数例確認される。だが、仁海の場合はとくに稲荷の峰で千日の間「一階僧正秘法」を行ったゆえの昇進と理解されており、その秘法の強大な験力を強調するための説話となっているのである。この秘法が吒枳尼天を本尊と頼む修法であることは以前にも述べたが、[1] 稲荷の峰という場所の提示があるのは、この吒枳尼天が稲荷神と習合していることことを示すものだろう。

ところで、この秘法には特に定められた供物を用意せねばならない。吒枳尼天に捧げる供物は「一階僧正秘供」、あるいは「一階僧正油子」と呼ばれ、団子に大豆の粉をかけ、暖かなうちに供えるという調理法が示されている。「油子」という名称や暖かくするという点から、油で揚げた団子を指すと推測されるが、現世における速やかな成功をもたらすための秘法としてなぜこの「油子」が有効とされたのか、という疑問は今まで問題にされていないようである。

この「油子」の作り方に酷似した記述が、『三学抄《さんがくしょう》』(落合博志氏蔵)の「密」の巻に見出せる。『三学抄』は、『渓嵐拾葉集』と同じく叡山の「異端」といわれる黒谷流の天台僧の間で伝えられていた顕・密・戒の三学に関する口伝を集成したもので、おそらく『渓嵐拾葉集』の成立に深く関わるものと思われる資料である。

一、辰狐の権実《ごんじつ》の事。

示していわく、白狐は権(仏が垂迹《すいじゃく》した神のこと)である。四月、五月の頃、とくに供物を捧げるべきである。その供物は、相手が仏であってもかまわない。ただし、大豆粉で団子を作り、粉をまぶして供するべきである。そして、本尊を加持するのである。

紹介部分は狐が権者か実者かという問いに答えるもので、白い狐は権者であることを表すと説かれている。権者とは、本地《ほんじ》垂迹思想によると、仏が仮りに神の姿になったものをいう。

そうした狐に捧げるため、豆の粉で作った団子にさらに豆粉を付けて供するというのである。粉をまぶすというから、小豆などの豆ではなく大豆であることは間違いなかろう。この記述は、中世天台の口伝の世界において、狐の姿をとる吒枳尼天の供物として大豆粉を材料とする団子が重要とされていたことを物語っている。

『渓嵐拾葉集』と『三学抄』からうかがえる吒枳尼天の秘供には、まず大豆粉が何らかのかたちで関与していること、二番目には油で揚げているらしいこと、そして穀類から作った団子状の食物であること、という三点の特徴が挙げられる。これらの要素について、以下順次述べて行きたい。

大豆の粉とはいうまでもなく今のきなこに当たるわけだが、これが吒枳尼天の供物とされた理由を探ることは難しい。大豆は日本神話でオホゲツヒメの体から生れた作物の一つであり、穀類中心の日本人の食生活に欠かせない貴重な蛋白源となった。そのためもあってか大豆には魔よけの呪力が備わるという伝承がしばしば見られるが、大豆そのものに神秘的な力を見出したために吒枳尼天の供物となったのか、あるいは逆なのかは、いわば鶏と卵の関係であって明確な結論は期待できない。

ただし中世の資料についていえば、単純に大豆そのものの呪力に帰するよりは、吒枳尼天や狐との積極的な結び付きに基づくと考える方が妥当な場合がある。たとえば、時代はやや下るが室町時代に描かれた絵巻の『付喪神記《つくもがみき》』には、狐のような姿に化けた道具の妖怪の会話が画中に書き込まれている部分があり、ここに大豆が登場しているのである。(2)

A／なんと臆病な鬼がいるものだなあ。豆で打たれても、よい茶菓子なのだから拾って味わうべきだ。

B／やあ、私にもくださいな。あの「よこ笛」(不詳)が鬼になったときのように、大豆草を恐れてはなりませんよ。

(岩瀬文庫による)

このBが狐らしき妖怪の発言であり、Aはそれに対する別の妖怪の言葉である。『付喪神記』は捨てられた古道具が節分の日に妖怪に変じて人間に復讐するというあらすじであるが、小峯和明氏の指摘するように、(3)これは当時すでに一般的であった節分の豆まきを踏まえた画中詞である。しかし、発言者を狐姿の妖怪とした背景はそれだけではなく、大豆を用いた供物を好む吒枳尼天が意識されているとみられる。豆で打たれた妖怪が逆にそれを拾って食するというのも笑いを誘うが、豆が好物の吒枳尼天が食べるとあらばパロディとしての面白みはさらに増すはずだからである。

このように吒枳尼天（狐）と大豆のつながりは、密教における諸天供の供物に関して伝えられた口伝が文学の世界に浸透していった結果生れたのではないかと考えられる。大豆と大豆粉は厳密にいえば別の食品であるが、叡山文庫真如蔵本『野狐落大事《やこおとしのだいじ》』には、「アマサケ」「コワメシ」などと並んで本尊である吒枳尼天への供物に「スムズカリ」が挙げられている。これは「十ニ《ママ》大根ヲヲロシ煎大豆ヲ何程也トイレ酢ヲカクル也」というもので、『古事談』巻三にすでに見える大豆加工品である。現在でも北関東では初午《はつうま》の伝統的な食品であるという。このように、大豆、あるいは大豆粉は、吒枳尼天とそれに習合した稲荷神の供物として深い縁を結んでいたと思われる。

大豆粉に目を移すと、室町後期、伏見宮貞成《さだふさ》親王筆の『宝蔵絵詞《ほうぞうえことば》』ではさらに稲荷神とのつながりが確かめられる。(4) 熊野王子の一つである切目王子の麁乱神《そらんしん》が熊野参詣者に障碍をなすことに困った稲荷神は、阿小町《あこまち》を召して麁乱神を説得するよう申し付ける。稲荷神が登場するのは、熊野下向の折りには稲荷へも詣でる習慣があったからである。阿小町とは女性の神格を与えられている稲荷神の眷属《けんぞく》神であり、荒ぶる麁乱神の心を女神の力で懐柔しようとしたのである。

ただちに切目王子に向かった阿小町が、「私が身はひたすらあなたを信頼いたしておりますのに、私のもとへ参詣する者たちが熊野へ参り利生を蒙って帰るさい、彼らの福幸をお取り上げになりますと、参詣者は私のもとへ詣で来て悲しんでおります。いったいどうしたらよいでしょうか」とかき口説くと、王子は「いや、そうとは知らなかった。どのようにして阿小町のもとへ参る者と見分けようか。阿小町のように化粧を施した者は、あなたのところへ参る者だと知ることにしよう」と提案する。化粧した者には手を出さないという発想は、化粧して変身し神を迎えるという阿小町の巫女的な性格から生れたものであろう。

ところが女性で化粧する者は多く、僧侶や男性は化粧しないからこれはどうしたらよいものかと阿小町が困惑すれば、王子は、「私はたいそう豆の粉が臭くて嫌だ。だから、豆の粉を顔に塗って化粧した者は、あなたのもとへ参詣する者だと思って、それらの福幸は取るまい」と約束する。

豆粉を白粉のように顔につけて化粧した者は稲荷参詣の者と見なすというのである。豆粉の化粧は鎌倉初期以前成立の『諸山縁起』にも記されているので、熊野参詣者の間に伝えられた魔よけの習俗だったのかも知れないが、それが稲荷と結び付いたのは偶然ではなかろう。応永八年の『熊野詣日記』にも、

> 切目王子の御前で、御化粧道具が参った（豆の粉である）。御ひたい、御鼻のさき、左右の御ほほ、御あごなどにお塗りなさって、まさに王子の前をお通りになるときは、「稲荷の氏子、こうこう」とおっしゃるべきよしを申し上げる。（図書寮叢刊《ずしょりょうそうかん》『諸寺縁起集』）

とあり、「こうこう」と狐の鳴き声をまねびている点などにも大豆を供物とする吒枳尼天の姿が意識されていることがわかる。

阿小町は、後述するようにしばしば男女の敬愛を司る神として祭られるが、「やもめわたりの煎豆」（『堤中納言物語』「よしなしごと」）のように豆には性的なイメージが付随する場合があるので、阿小町の豆粉化粧にそのような雰囲気を読み取ることが許されるかも知れない。

以上挙げたのは吒枳尼天が福神的性格を強めた室町時代の資料であるが、大豆は穀物を司る福神のシンボルとして現れたというより、吒枳尼天法にともなう因縁譚の広がりという文脈でとらえるべきものといえよう。

狐の好物「油揚げ」の正体

「一階僧正油子」に特徴的な三要素のうち、次は油について考えたい。油で揚げた物といえば、すぐに想起されるのは「稲荷神には油揚げを供える」とか「狐は鼠の油揚を好む」（『松屋筆記』）という俗信であろう。しかし、豆腐を薄く切って油で揚げた現代でいう「油揚げ」が稲荷神の供物と考えられるようになった時期はそれほど遡るとは思われない。

十七世紀の『日葡辞書』には「abura ague (abura aguenomono) 油に入れて揚げた物」とあるので、豆腐の揚げ物に限らず油で揚げた物すべてを「油揚げ」と称したようであるから、本来は油で揚げてあることが供物として重要であったのだろう。『意《い》根《な》利《り》之《の》秘《ひ》伝《でん》』(『稲荷神社由緒記集成』信仰著作編)には「捧物の図」として「油気之類可也」と指定されているが、[5]『多聞院《たもんいん》日記』(元亀三年閏正月二十八日条)に次のような記述があるように、油を用いた食品は吒枳尼天の好むところと信じられていた。

今晩の夢に、狐が懐に入ってじゃれ遊ぶので、狐は油物が好物だろうと思い差し出すと、狐は私にも薦めた。いろいろ物を言ったようだが忘れてしまった。化かすつもりかと心配だった。油物を取り出すと、まだ一つあった。これは吒枳尼天のお使いによる大吉事である。

これら「油物」の材料は先述のように豆腐ではなく、米や麦の粉を練って作った餅や団子の揚げ物であったようである。

次に引く『二十二社本縁』には、比叡山に行くという稲荷の神を弘法大師が引き留め東寺の守護神にしたというエピソードが語られるが、この伝承に基づき、稲荷還幸祭には東寺中門《ちゅうもん》御供という儀礼が行われている。

毎年、祭礼には東寺へお入りになる。中門の御供といって、寺家がお供えをするのである。また、「大（太）まがり」というものは必ず供える。弘法大師のとき以来の旧儀なのである。
（『群書類従』第二巻）

引用にある「大（太）まがり」は「ぶと」「まがり」という菓子の謂である。「ぶと」は『日葡辞書』に「米で作った一種の餅」とあるように米粉の餅を油で揚げたもので、「まがり」は米や麦粉の団子を曲げた形にし揚げたものといわれる。十八世紀はじめの『神道名目類聚抄』（三　祭器）には「餢飳《ぶと》、糫《まがり》、米の粉で作る。御菜やくだものなどと同じく、御膳に付ける」とあり、神饌《しんせん》の一種とされていた。

こうして油で揚げた餅や団子が稲荷神に油揚げを供えるという俗信のもとになったわけであるが、[6]油で揚げない餅の類が稲荷神や吒枳尼天の供物となることもあった。[7]『宇治拾遺物語』五三「狐、人ニ付テシトギ食事」は、人に憑いた狐が憑《よ》りましの役目の女性に憑き代り、家族のために食物を乞うという話で、塚屋（盛り土をした墓）に供えられた粢餅《しとぎ》をむさぼり食う姿が描かれる。粢餅とは米粉で作る楕円形の餅である。

昔、ある人が霊にとりつかれて煩っており、祈禱によってよりましに霊をのり移らせようとしたところ、霊がよりましにとりついて言うには、「私は災いを起こす霊ではございません。さまよい歩いて通りかかった狐です。塚穴のすみかにいる子供が食べ物をほしがったので、『このような所には食物が散らばっているものだ』と思い、やって来たのです。しとぎを食べて帰りましょう」。しとぎを作らせて折敷一杯出してやると、少し食べて、「ああ、おいしい、おいしい」と言う。(以下略)

この狐は怨念などを持たない通り掛かりの憑きもので、本文ではとくに吒枳尼天とか稲荷神と結び付けるような記載はない。しかし、『宇治拾遺物語』の説話が民話の採録というような単純な性質ではなく、何らかのプレ・テクストのもどきを目論んでいることを考慮すれば、一見すると単なる狐憑きの話に過ぎないこの説話の背後には、斑足王《はんそくおう》が塚神として吒枳尼天を祭ったという『仁王経』の故事や(8)、吒枳尼天への供物である餅・団子といった諸要素が潜んでいると見る方が妥当だろう。

『今昔物語集』巻五ノ一三「三獣行菩薩道、兎焼身語」は、狐、猿、兎の三者が食物を持ち寄って飢えた修行僧に食べさせるという有名な話で、なかでも狐は「墓地のあたりに行って、人がお供えしておいた粢」などを用意したとされる。

獣たちが自らの能力を発揮して食物を集める記述は一種の食物尽くしの体をなしているが、これは原典である『大唐西域記《だいとうさいいきき》』にはない部分で、『今昔』の作者が種々の資料を利用して増補した表現と見てよい。「新日本古典文学大系」の脚注が指摘しているように、狐が墓所に出かけ供物の粢餅などを取って来るという発想は、先引の『宇治拾遺物語』の説話と類似するので、『今昔』の作者が参考とした資料に吒枳尼天の伝承を含むものがあったと推測することも可能である。

このように、吒枳尼天や稲荷神とその供物である餅・団子は、天部や神が狐の姿を取って説話の世界に現れる場合にも、つながりを保ちつつ説話の中に溶け込んでいる。はじめに掲げた『渓嵐拾葉集』の記事が、仁海や祇園女御という説話の世界でしばしば見掛ける人物を吒枳尼天の効験を語るために登場させていることは、仏教書と説話文学とがきわめて接近していた中世の状況を表すものと考えられる。大豆粉や油揚げ物の場合もまた、説話の文脈だけで考えるのは生産的とはいえない。口伝における因縁譚を説話の誕生とする環境として位置付けることで、中世の知の運動の一齣《こま》をより豊かにとらえることができるのではないだろうか。

『新猿楽記』に登場する愛法の供物

最後に、吒枳尼天・稲荷神の供物が「敬愛法」という明確な目的のため用いられた場合を、別の資料に沿って探ってみることにしたい。

結論を先に述べておけば、供物の類似から吒枳尼天・稲荷神と聖天《しょうでん》との関係が浮び上がって来るのである。聖天は多く男女二体の象頭人身の天が抱擁する姿で表される特異な像容を有し、諸天のなかでも敬愛、増益などの現世における願いに格別強力な験力を顕すという。効験のうえでも吒枳尼天との共通性が感じられるが、通常「団」あるいは「歓喜団」と呼ばれる供物も吒枳尼天のそれと類似する点が多い。

中世の事相書によると、聖天には酒、大根、そして団という三つの特別な供物を用意しなければならないといわれ、それぞれに由来を説く口伝が付随している。この団の調合法には米・小麦・大豆の粉を混ぜ合わせる（『阿娑縛抄』）、麦粉を蜜で和える（『白宝口抄』）などといった多様なバリエーションが伝えられ、修法の目的によって加える材料が変るが、基本的には穀類の粉を蒸す、油で揚げるなどして丸い形状に作ったものといえよう。単身の聖天像には、二股大根などとともにざくろに似た形の団を手に持つ姿が見受けられる。いうまでもなく、これは吒枳尼天の供物である餅・団子と重なり合うものである。

もちろんこの団は聖天や吒枳尼天のみに用いられるわけではないが、両天には異性への愛を祈る敬愛法の本尊になるという共通点があり、団はとくにこの場合の供物として珍重されたとみられるのである。

『渓嵐拾葉集』には、天竺のある国の大臣が王の后と密かに情を通じたことがばれ、聖天となったという由来譚が語られるが、団はそのとき大臣が后への艶書を中に忍ばせたもの

京都・東寺の夜叉神堂内の「雄夜叉神」

同じく「雌夜叉神」

で、それを見た后が歓喜したがゆえにこれを歓喜団と称するのだという説明がなされている（巻四二、六四一頁）。この話からも、団が男女の仲を取り持つ愛法に関わり深い供物であったことがうかがえる。

さて、吒枳尼天の団がやはり愛法に関係していたらしいことは、十一世紀の藤原明衡による『新猿楽記《しんさるがくき》』の記載から推察される。これは稲荷祭の観客である右衛門尉《うえもんのじょう》一家の様子を物尽くしの手法で描くもので、右衛門尉の第一の妻の記述は、愛法の様相を如実に写し出す好資料としてしばしば引用されている。この老齢の妻は、夫の愛を取り戻すため京中のあらゆる愛法神に願いをかけるのである。

本尊の聖天にはいくら供物を捧げても験がなく、自分で道祖神を祭っても、ほとんど御利益がない。野干《きつね》坂の伊賀専女《いがたうめ》の男祭には女性器に似せた鮑くぼを叩いて舞い、稲荷山の阿小町の愛法には、男性器を模した鰹節を振り動かして騒ぐ。五条の道祖神にしとぎ餅を奉ること千個に及び、東寺の夜叉神の縁日にはご飯を百籠も寄進する。祭の行列には千社札を叩いてうかれ踊り、百本の幣帛《みてぐら》を捧げて走り回る。

稲荷山の阿小町のほか、「野干坂ノ伊賀専（女）」も吒枳尼天・稲荷神につながりのある愛法神とされる。「五条の道祖神」は五条西洞院《にしのとういん》の道祖神社だが、男女一対で表される道祖神は、その形態のためか性愛に関する民俗信仰が存在したらしい。

東寺の夜叉神《やしゃじん》も東寺中門に置かれた男女一対の神で、守覚法親王の『御記《おんき》』に「『天長《てんちょう》御記《ぎょき》』によると、東寺に守護天尊があり、それは稲荷明神の使者である」とあるように、阿小町と同じく稲荷神の眷属とされたのである。東寺中門供に油物を供えるのは夜叉神への供物という意識があってのことと思われる。

この『新猿楽記』に登場する食品は鮑・鰹・粢餅・炊飯《かしきがて》だが、これは前掲の『今昔』巻五ノ一三で狐が運んできた食料とまったく重なり合うので、両者は何らかの共通する資料に基づいている可能性があるが、それが吒枳尼天に関係するものであったのかも知れない。

愛法の本尊となった神々の名前は、やはり男女間の愛の願いを具体的に述べた高山寺蔵の鎌倉初期写『吒枳尼天祭文《だきにてんさいもん》』にも列挙されており、(9) これらはいうなれば吒枳尼天の分身と見なされる存在である。この資料は男なき女と女なき男がよき相手を求めて祈る祭文であるが、ここにも吒枳尼天への供物として鰹、鮑、鮭、鯛、鱸などの魚類のほか、「飯餅シトキ」が挙げられており、『新猿楽記』との関係の深さがうかがえる。

ところで、『新猿楽記』には東寺の夜叉神が愛法神の一つとして挙げられていた。先に油揚げ物の供物について述べた際に東寺中門御供に触れたが、『東宝記《とうぼうき》』によるとこの中門に夜叉神が祭られていたという。

古老が言い伝えることには、東の夜叉神は雄であり、文殊《もんじゅ》菩薩を本地とする。西の夜叉神は雌で、本地は虚空蔵《こくぞう》菩薩である。この二夜叉神はともに弘法大師の御作である。或いはこうもいう。初めは大門の左右に安置してあったが、道行く人が礼をしないときはたちまち罰をあてる。それで、中門の左右に安置し直したという。この説は信じがたいので、その真偽を決めるべきである。

(校刊美術史料・中巻)

この説は「古老」の伝える伝承として疑問視されてはいるが、東寺の護法神である夜叉神が中門に安置されていたことと、大師勧請の稲荷神に礼する中門御供との間には、あるいは寺院側の正式な記録には残されないような民俗信仰的レベルにおいて何らかの関連があったのかも知れない。また、夜叉神と稲荷神には東寺護法神としての共通点のほかに、平安末期にはいずれも愛法神という性格を持つと信じられていた点において通底している。稲荷神・吒枳尼天と夜叉神のつながりは、『御記』にもすでに記されていた。次に引くのは、先掲部分の直前に当たる一文である。

その形は三面六臂《ろっぴ》という。三面とは三天のことである。中の面は金色、左面は白色、そして右面は赤色をしている。正面は聖天、左は吒枳尼天、右は弁才天である。

(大正新修大蔵経第七八巻)

稲荷大明神御影（東寺蔵）

残念ながらこうした夜叉神の記載は『御記』(10)にしか見られず、『東宝記』の記事や現在残っている平安時代作の二体の夜叉神立像とは合致しない。しかし、平安末期の段階で、東寺守護神という大きな範疇に吒枳尼天、聖天、弁才天の三天が含まれていたことは明らかである。

室町時代に下るが、こうした信仰の様相を伝えるのが唯一東寺に現存する稲荷神像の「稲荷大明神御影《みえい》」である(11)。この絵画は白い狐に乗った女神とその眷属を中央に描くものだが、稲荷神を表す女神は三面六臂で左に女神面、右に象面を備えている。『御記』の配置とは異なるが、おそらく各々は弁才天と聖天であろう。吒枳尼天、聖天、弁才天を併せて本尊に祭る密教の三天合行法の影響があると思われるが、この絵からは吒枳尼天・稲荷神と聖天が東寺守護神としてかなり接近した位置にあったことが知られる。

稲荷神社の側でもこうした神仏習合の事情がうかがえる。稲荷社への信仰厚かった金春禅竹の『稲荷山参籠記《さんろうき》』には、稲荷信仰と密接に結び付いた彼の歓喜天（聖天）信仰が見受けられる(12)。

同じく（応仁元年）七月八日の早朝、文殊のお告げに、「歓喜天は私だと思え」と言う人があり、八字の文にいうことには、「我生在此《がしようざいし》、娑婆《しやば》国土《こくど》」とあった。これはすなわち、文殊と歓喜天がただ自らの一心と知恵を顕わしなさったものだと思うとかたじけない。（略）私は若い頃から歓喜天に帰依する心がはなはだ深かった。今六十三歳に至り、老病が苦痛なので、稲荷の十石坊が歓喜天の行者でいらっしゃるので、十七日間の祈念をしてもらうため、歓喜天の御符を飲んだ。

（『金春禅竹古伝書集成』）

歓喜天の行者である「稲荷ノ十石坊《じっこくぼう》」が禅竹の参籠の手引者だったというから、三天合行法を行っていたらしい行者が稲荷の峰においても活動していたのであろう。こうした行者の存在は、稲荷神・吒枳尼天と聖天をともに信仰するあり方が禅竹だけの特殊なものではないことを物語っている。

以上、吒枳尼天・稲荷神と聖天が習合した状況における信仰の様相を平安末期から室町時代にかけて俯瞰したが、本題である『渓嵐拾葉集』の供物の問題に沿ってまとめれば、両天の供物である団は特に敬愛や現世利益の法において重要な役割を果たしているということができる。

もちろん団は聖天や吒枳尼天だけに限った供物ではなく、たとえば調伏のような他の目的でも用いられるが、『渓嵐拾葉集』における「一階僧正油子」が秘法の供物として登場する背景には、吒枳尼天・稲荷神と聖天の持つ現世利益への強大な効験が、俗信に近いかたちで口伝にともなう因縁譚の奥底に潜んでいるという、中世の宗教世界のあり方を見出すことができるのではないだろうか。

【注】

（1）田中貴子『外法と愛法の中世』平凡社ライブラリー、二〇〇五年。
（2）ただし、内容のやや異なる崇福寺本絵巻ではこれらの発言は本文に繰り込まれている。
（3）小峯和明「画中詞の宇宙」（『日本文学』一九九二年七月号）
（4）石塚一雄「後崇光院宸筆宝蔵絵詞」（『書陵部紀要』21号、一九六九年）
（5）『稲荷一流大事』にも類似の記事が見える。
（6）五来重「稲荷信仰の起源」『京の社』人文書院、一九八五年。
（7）伊藤唯真「稲荷信仰と仏教」『稲荷明神』筑摩書房、一九八八年。江戸時代の中門供には「餅」が用いられたという。
（8）『渓嵐拾葉集』巻三九、六三三頁など参照。
（9）『高山寺典籍纂集』東京大学出版会、一九八八年。
（10）現在は食堂前の夜叉堂に安置されている。
（11）東寺宝物館一九九三年春の展観「東寺の天部」で初公開された。
（12）伊藤正義『金春禅竹之研究』赤尾照文堂、一九七〇年。

〔付記〕

貴重な御架蔵資料をご貸与下さった落合博志氏に感謝申上げます。

人恋しい、恋の病の処方箋——京都魔界めぐり

恋の闇路と恋の道しるべ

花の都の経緯《たてぬき》に　知らぬ道をも問へば迷はず　恋路《こいじ》　など通ひ馴れても紛《まが》ふらん
（『閑吟集』）

人を恋う心は誰にでも突然やってくる。けれども室町歌謡に謡われるように、縦よこに走る京の道は人に尋ねればわかるが、恋の道だけは何度目であっても人を迷わせるものだ。だから、恋の闇路にいき暮れた人は、通りすがりの小さな祠《ほこら》にさえそっと願《がん》をかけ、橋のたもとで道占《みちうら》を引く。恋の行方を知っているのは、神仏だけなのだから。

道を教えてくれる人のように、京都には恋の道しるべをしてくれる神仏がそこここにましましている。長い道のりを行く必要はない。ほんの少し遠回りすれば、町中のビルや住

宅にはさまれて建っている寺や社《やしろ》に出会えるはずだ。場所や建物は変わっても、平安時代と同じように人々の信仰を集めている。十一世紀に書かれた藤原明衡の風俗誌『新猿楽《しんさるがく》記《き》』と、高山寺《こうざんじ》に蔵される平安末期の真言密教の修法書である『吒枳尼天祭文《だきにてんさいもん》』から、ちょっとその様子をみてみることにしよう。

恋人のいない男女のための〝愛の成就法〟

はじめの『新猿楽記』は、稲荷《いなり》祭見物にきた右衛門尉《うえもんのじょう》一家を順番に活写したという趣向になっており、三人いる妻のうち、第一の古《ふる》女房が夫の心離れを恨んで愛法を行うというくだりが諧謔的に描かれている。

愛法とは言葉のとおり愛を祈るための修法で、密教で行われる敬愛法（これは男女間の愛情に限らない）が民俗信仰と結びついて変化したものと考えられる。ほかの若い妻たちに対抗しようと、老いた妻が望みを託した神仏とは次のようなものだった。

本尊として祀っている聖天《しょうてん》や道祖神はぱっとしたご利益がない。それで、野干坂《きつねざか》の伊賀《いが》専女《たうめ》や稲荷の阿小町《あこまち》に祈禱《きとう》するとなると、鮑《あわび》や鰹節を女陰や陽物に見立て、それを手にして舞い狂う。また、五条の道祖神の祭や東寺の夜叉神《やしゃしん》の縁日にはどっさり供物《そなえもの》を寄進して騒ぎ回る。

聖天とはインドの神が仏教に取り入れられたもので、象身人頭の二神が抱きあう図像で知られている。この二神は男女だと伝えられ、民間ではもっぱら愛法の効験が強調された。

道祖神とは「さえの神」とも呼び、本来は村落の出入口などに祀られて、悪疫から村を守る働きをしていた。たとえば『本朝世紀』天慶《てんぎょう》元年（九三八）九月二日条には、性器を備えた男女の神の木像が京のちまたに祀られ、「岐神《ちまたがみ》」とか「御霊《ごりょう》」と称されたという記事がみえるが、これも都市における道祖神の一種だろう。だが、男女一対の神と信じられていたせいで、平安時代には道祖神の役割は愛の成就《じょうじゅ》へと傾斜していったようである。

『吒枳尼天祭文』にも、『新猿楽記』とほぼ重なりあう神々が名を連ねている。この資料は、実際に行われたかどうかはわからないが、恋しい人のいない男女が神を祀るときに読む祭文で、女が行う「男祭」と男が行う「女祭」がセットになっている。吒枳尼天とはやはりインド由来の女神だが、日本の中世では稲荷神や狐と習合して独特の信仰を集めている存在だ。諸願たちまちに成就する強大な験力を持つとされるが、稲荷神との関係が生じたころからとくに愛法の側面が強調された。

どちらの祭文にも共通して稲荷、木嶋《このしま》、賀茂などの神名がみえるが、京都各地の道祖神の名が登場するのが注目される。「鳥は二つの翼で飛び、車は二つの輪があってはじめて役に立つもの。男女の仲もそれと同じ」と神をかき口説く女の祭文からみてみよう。御前《おんまえ》の道祖神様へ申上げます。柿本のさ之と、出雲道《いずもじ》のさ之と、そり橋のさ之と、西京の木辻よ、どうぞ私の願いを叶《かな》えて下さい。

このふたつの史料で具体的な名前が挙がっている神々のほとんどは、現在でもちゃんと残っている。にぎやかな観光地から離れた場所は、そっとひとりで巡ってみるにふさわしい。

では、用意と心がまえができたら出かけることにしようか。

お稲荷さんにお願いする愛のご利益

まずは、東山の南端にあたる伏見の稲荷山の麓を目指そう。ここには、愛法神として名高い稲荷の**阿小町の社《やしろ》**がある。稲荷社は麓から山上にかけて点在する三つの社殿で構成されているが、阿小町を祀る白狐社《びゃっこしゃ》は現在奥宮の北に位置している。本殿の方へは軽く挨拶しておくだけにして、左手の参道を少し上るとすぐに社殿が見えてくる。白狐社という名は元禄《げんろく》年間（一六八八〜一七〇四）に現地に移されてからの呼び名らしく、天正《てんしょう》十七年（一五八九）の社頭図には奥命婦《おくみようぶ》と記されている。この図には「ホラ」という狐塚の存在が注記されており、稲荷明神の眷属《けんぞく》である命婦狐が、神主の祖先にあたる荷大夫を狐塚に誘って文殊《もんじゆ》浄土を見聞させた話が南北朝時代の仏教書『渓嵐拾葉集《けいらんしゆうようしゆう》』に伝わるが、いまの白狐社でも社殿左側に狐が出入りするホラ穴が設けられている。

稲荷神が福徳敬愛の利益をもたらすという信仰は現代でも受けつがれているが、十四世紀以前に成立した『稲荷記』に、「大明神《だいみようじん》は世俗では稲荷神といわれているが、御自称は愛法神であって、敬神の者には敬愛福寿を授けるのが本誓《ほんぜい》である」とみえている。その証拠として進命婦という女房が稲荷の御利益で関白と結婚し富みさかえた話が引かれるが、阿小町はそのとき天皇の宣旨《せんじ》によって進命婦の名を譲りうけ、命婦《みようぶ》と呼ばれるようになったという。

『稲荷大明神流記』によると、阿小町は昔船岡山《ふなおかやま》のあたりに住む夫婦の老狐だった。畜生の身であるが稲荷神に仕えたいという願いが叶って、夫は小薄《おすすき》、妻は阿小町という霊狐になったのである。稲荷神と吒枳尼天との習合においては霊狐・阿小町のイメージが大きな影を落とし、吒枳尼天が狐身の愛法神だという中世的な姿が強調されるにいたったようである。

『稲荷記』では、伊勢の大神宮や貴船《きぶね》、南都の率河《いさがわ》神社にも、名こそ異なるがみな命婦神がいるという。『吒枳尼天祭文』で貴船の名があげられていたのもそのためだ。伊賀専女という神もこの仲間で、『源氏物語』の「東屋」に名前だけ出てくる。そこでは男女の媒《なか》人《だち》をする老女という意味だが、たとえば鎌倉時代の仏教説話集『沙石集《しゃせきしゅう》』巻一〇で和泉式部の願いに応え、あさましい格好で男祭をしてみせたような、愛法神に仕える巫女を想定しているらしい。

『源氏物語』の注釈書である『異本紫明抄《いほんしめいしょう》』には、稲荷社の還坂《かえりざか》に住む伊賀専女がひとり娘の縁づき先に悩むという記事がみえている。これは『新猿楽記』の「野干《きつね》坂の伊賀専女」を思わせるが、ただし、野干坂は深泥池《みどろがいけ》の近くにある狐坂のこととする説もある。いずれにせよ、二月の初午《はつうま》に行われる稲荷祭に恋の相手と出会うという説話が小野篁《おののたかむら》の物語『篁物語』や『今昔物語集』にあるように、参詣の列には恋の成就や新たな出会いを願う人がいたことは確かだ。

稲荷神に関連深い愛法神として、**東寺の夜叉神**もあげておかなければならない。稲荷祭の行列は東寺中門に立ちよって儀礼を行うしきたりがあった。この中門に祀られていたのが雌雄二体の夜叉神である。『新猿楽記』以外にこれを愛法神と伝える史料は見あたらないが、つがいという点は道祖神と通じあうので、民間信仰のレベルには浸透していた可能性もあるだろう。平安末期の守覚法親王《しゅかくほっしんのう》の『御記《おんき》』には、この夜叉神が東寺の守護神で稲荷神の使者だとある。東寺の記録である『東宝記《とうぼうき》』によると、もとは大門の左右にあったのだが、無礼な通行人にばちを与えるので、ややひっこんだ中門に移動させたという。現

最近社殿を建て変えた五条天神社（上）と思わず前を通り過ぎてしまうほどこじんまりした五条道祖社（下）

在ではふたつの夜叉神堂に一体ずつ夫婦別れの状態で祀られている。参詣人はちょうど男と女の間を通りぬけてお参りする格好となる。

さて、男と女の間の深くて暗い河に思いをはせながら、ここでちょっとひと休み。

性愛に関わる仏法の異端・道祖神

京都市内には、道祖神の社と呼ばれるものがいくつかある。なかでも有名なのは祇園祭の山鉾を出す鉾町《ほこまち》の真ん中にある、**五条道祖社**と**五条天神社**だ。いまは二社に分かれているが、鎌倉時代後期の有職書『拾芥抄《しゅうがいしょう》』には天神社の名だけがみえる。『宇治拾遺物語』や『今昔物語集』では同じ神社をそれぞれ「五条天神」「五条の道祖神」と呼んでいるので、もとは同じ神を指すものと思われる。ここが「五条道祖」であり「柿本のさ之」にあたるのだ。「柿本」といわれるわけは、この社に実の生《な》らない柿の木があったと伝えられるからである。『万葉集』の歌にあるように成らぬ柿木には神仏が宿るという信仰があったから、その聖なる木が社の代名詞になっていたらしい。

いまの天神社は柿の木の代わりに周囲をかこむ高層マンションが目印となっているが、初期の『洛中洛外図』に描かれているように以前はかなり広い社域を誇っていた。

この道祖神には本来の役目である悪疫退散も期待されていたが、恋の神としての位置が固定したのは『宇治拾遺物語』の冒頭に置かれた説話が影響を及ぼしている。これは神が恋の成就を助ける話ではないが、道祖神と性愛をめぐる雰囲気を髣髴とさせるものになっている。

読経《どきよう》の名手である道命阿闍梨《どうみようあじやり》が和泉式部のもとへ泊まった夜、ふと起き出して法華経を読んだ。暁方にまどろもうとすると、何やら人の気配がする。五条の道祖神が経の聴聞に来ていたのだった。「いつもは貴《とうと》い神々に守られて近付きがたい御坊ですのに、有りがたいことに今夜は女の肌に触れた体を清めもせずに読経なさったので、いやしい神である自分でも近付いて聴聞することができたのです」と、神は感激したという。

この説話は不浄な身のまま読経することの戒めがいちおうのテーマになっているが、道祖神が性愛に関わる神であること、それによって正統的な神仏の世界にあっては一段低い地位とみなされていたことがわかる。

信州の路傍にみられるような双体の道祖神は近世の姿で、本来の道祖神はただの丸い石や性器をかたどった石神である。道祖神は、こうした性を露わにするありようのためか、悪性を厳しく律する仏法からは異端の烙印を押されがちであった。境界の場所に祀られ、悪疫退散という重要な役割を果たしながらも忌避される両義的な性格を持つ道祖神は、子孫繁栄と愉楽という性愛の二面のはざまで危うい均衡を保っている神なのである。

道祖神がなんらかの境界地点に置かれているということは、そのほかの道祖神社の位置をみても納得されるだろう。「出雲路のさ之」は後で案内するように賀茂川の西岸であり、「そり橋のさえ」は「反橋《もどりばし》」、つまり一条戻橋のこと。「西京の木辻《きつじ》のさ之」はよくわからないが、木辻大路というのが現在の西院《さい》あたりを南北に通っていたからそのあたりにあった社だろう。また、道祖神とは明言されないが木嶋社も愛法神とされていた。この神は西の京のはずれ、太秦《うずまさ》に鎮座している。おそらくかつては、都の四方を守るように道祖神、あるいは道祖神的な霊験をもつ神が配置されていたと思われる。

道祖神が見まもる遊女との密会

五条天神社の横を通る松原通は昔の五条大路にあたる。大路というにはあまりに狭い道だが、ここから西の方角を臨むと東北部は高く西南部は低い京都市の地形が実感でき、いかにも京のはずれへ向かうという気がする。

平安時代、人気も少なく湿地の多い「西の京」は、当時から落魄のイメージがあった。しかしそれだけに、王朝物語には西の京の人少ない館に隠れ住む佳人《かじん》(美人)をたずねる男のときめきが描かれたりして、日常を離れた密会の場の雰囲気も漂ってくる。もちろん、遊女とひそかに逢うつもりの男もいただろう。文献にははっきりと出てこないが、西の京への道行には遊女のもとへ通うという裏の意味が込められているようである。道祖神の守る境界での逢瀬《おうせ》というのは、なんとも似つかわしいことだ。今様《いまよう》をひとつ紹介しよう。

太秦の薬師がもとへ行くまろを　しきりとどむる　木嶋《このしま》の神

（『梁塵秘抄』）

太秦の広隆寺《こうりゅうじ》の薬師如来に参詣する信心深い男を、なぜ木嶋の神はとどめるのか。この薬師には遊女の名がかけられているとみるのが一般的な解釈で、木嶋の神もまた遊女とする説と、神が買色の徒を戒めているという両説があるが、どちらの意味あいも含んでいるとみるほうがおもしろい。

広隆寺へ向かう途中にある木嶋社は渡来人の秦氏《はたし》に縁の深い神社といわれ、「蚕の社《かいこのやしろ》」というほうがこのへんでは通りがいい。しかし織物や染色の守護神である養蚕神社は末社のほうで主祭神ではない。明応《めいおう》八年（一四九九）の『広隆寺来由記』には木嶋の神は女神とされているので、先の今様の解釈にある遊女説もそのあたりから来ているのかもしれない。望みを叶え豊楽を与えるが不信心の者には疾疫の憂いありというから、両義的性格を持つ神のようである。

ここを道祖神と明記する資料は見あたらないものの『梁塵秘抄』の歌からは、日常を抜けて非日常的な交歓の世界へ入り込む境界に佇《たたず》む道祖神的な姿がうかがわれる。

陽石を持ち上げて恋の行方を占う

次に東へと引きかえし、高野川と賀茂川が出会う地点へ足を延ばす。この河原の近くは出雲路《いずもじ》と呼ばれ、ここに『曾我物語』や幸若《こうわか》舞の「築嶋《つきしま》」に夫婦和合の神として登場する出雲路(道)の道祖神の社があった。ふたつの川が出会う場所でもあり境界地点を守る神でもある。いまは川から少し離れたところに移転しているが、**幸神社**《さいのかみのやしろ》として縁結びの信仰を集めている。

『今昔物語集』巻一七ノ四四話には、出雲路を舞台とする奇妙な説話が載せられる。鞍馬寺《くらまでら》を敬信する貧しい僧が、参詣の帰りに出雲路近くの小路で美しい稚児《ちご》に出会う。僧はあるじも帰る家もないという彼をそば近く置くことにしたが、その稚児は実は女で、ふたりはしぜん男女の仲になってしまう。僧は悔やむが、女は金の塊《かたまり》を出産して姿を消し、僧はその金で富貴を得たという。

この稚児は鞍馬の毘沙門天《びしゃもんてん》の使者だったのだが、ふたりがめぐり逢う場所を出雲路近く

（上）幸神社の本殿。（下）幸神社の本殿の右側に鎮座する石神

としているのは、女犯《にょぼん》の破戒の背後に愛法神のご利益を意識したためではないだろうか。鎌倉時代の日記文学『とはずがたり』でも、後深草院二条と「有明の月」と呼ばれる仁和《にんな》寺《じ》法親王とが出雲路で密会するというくだりがあり、道祖神の近くでの逢瀬ということが重要であったことがわかる。密会は九月二十日ごろのことと記されるが、これは道祖神に関係の深い日だったようで『今昔物語集』でも同じ日が出会いの日として設定されている。

出雲路の道祖神社では、本殿の右裏手の結界の中に鎮座する陽石が実質的な愛法神の御神体である。狂言の「石神《いしがみ》」には、夫と離縁したい妻がこの石神で占いをする場面がある。これは、相談をもちかけられた仲人が「出雲路の夜叉神を引いてあなたの心を決めなさい」と勧めたためだ。夜叉神は石神が訛《しゃくじん》ったという説もあるが、東寺の夜叉神の例を思いあわせれば納得される名である。願いをかけながら石神を持ち上げてみて、上がればよし、上がらぬときは不成就というのが「夜叉神を引く」占いの方法である。

実はこれには裏があって、離縁したくない夫は先回りして夜叉神に化け、何とか妻を思いとどまらせようとするのだ。いざ占おうとするとき妻が歌う、「わが恋は遂《と》ぎよずやらう、末遂《すえ》ぎよずやらう、上《あ》がれ上がれ、上が上がらしめの石神」という謡から推測すると、恋の行方を占うために石神を持ち上げてみる、というのが本来のあり方のようである。

結局夫の企みは失敗し、妻が「やるまいぞ」と追いかけて終わりになるが、不思議なのはこの妻が、「私は神子《みこ》の子孫だから、神に御苦労をかけたお詫びに神楽《かぐら》を舞って帰りましょう」という狂言のせりふである。神子とは巫女と同義だから、道祖神の前で法楽の舞を舞う妻の姿に、愛法神を祀る伊賀専女のような巫女の古代的イメージを重ねあわせてみるのもいいかもしれない。

幸せと恨みが交錯する〝縁切りの井戸〟

それでもやっぱり霊験のなかった場合はどうすればよいのか。すでに相手に定まった人がいたとしたら、いつまでも恋しい人の背中を見つめるだけである。最後の手段としては、恋しい人とその相手の縁を切ってしまう、あるいは自分のいままでの悪縁をすっぱり思いきって新しい恋に踏み出すに尽きる。そのためには鬼や蛇になる覚悟も必要だ。

屋代本『平家物語』の「剣巻《つるぎのまき》」に、貴船に丑《うし》の刻《こく》参りをし、宇治川に身を浸して鬼に変じ、男をとり殺した女の話があることはあまりに有名である。頭に鉄輪《かなわ》を戴き、長い髪を角のように巻き上げ、顔には朱をさして、夜更けの大路を疾駆する姿は呪詛《じゅそ》する人の手本にまでなっている。これは宇治の橋姫《はしひめ》神社ともつながりのある話だが、宇治川のほとりまで走っていく元気のない人にはぴったりの場所がある。

都大路を南に下《さが》り、しっとりとした風情のある民家が立ちならぶあたりに出ると、そこに**鉄輪の井戸**がある。江戸時代の『山州名跡志』には鉄輪の女が死んだ場所といい、社の前に立てられた由緒書にはこの井戸に投身して果てたとも伝える。もとは命婦稲荷社があったところらしいが、近年鉄輪塚という石碑が発掘されたため、それと併せて祀ったという。民家が額を寄せあつめたような路地の奥に入り込むと、こぢんまりした社と井戸が待っている。

ただ『平家物語』でも、それに基づく謡曲の「鉄輪」でも、女は調伏されるものの死んだとは記されていない。想像するに、これらの説話が民間に浸透し現実の地名と結びつけられて受け入れられた結果生まれた、比較的新しい伝承なのだろう。そういえば、このすぐ近くには『源氏物語』の夕顔の住い跡と伝える「夕顔塚」の碑も立っている。光源氏が訪れた五条わたりのモデルがここであったかどうかは問題でなく、それよりも、説話伝承と実在の地名とが共鳴しあって醸し出された新たな都市の地名伝承と考えたほうがよさそうだ。

神秘的で、触れれば柔らかになびくような女の待つ五条わたり。だが、夕顔のような女の裏返しが鉄輪の女でもある。鉄輪の女にも、かつては優しげな目で男を迎える時間があったはずだ。待つ幸せと待つ恨みとはいつも背中あわせである。

謡曲に、呪われる夫が下京《しもぎょう》わたりに住む者とされることが直接の要因だろうが、鉄輪の女の終焉をこの地と結びつけて語る背景には、夕顔の陰画としての鉄輪の女が存在している。

この井戸の水を目ざす相手に飲ませると、あと腐れなく縁が切れるという。井戸はとうに枯れているので、持参の水をいったん供えてから持ち帰っても効力があるらしい。最近では、縁を切ると新しい縁にめぐり合えるというので、縁結びの効験も期待されているが、これは稲荷の眷属《けんぞく》である命婦神が合祀されているせいでもあるのだろう。

路地から出ると、日はすでに西山の彼方に隠れ、あたりはとっぷり雀いろに暮れている。人恋しい日暮れどきに、思いきるつもりの心がふと揺らぐ瞬間もあるかもしれない。

めぐる外山に鳴く鹿は　逢《お》ふた別れか逢《あ》はぬ恨みか

（『閑吟集』）

逢瀬の後の別れも辛いが、逢えない恨みはなお強い。恋は誰にでもやってくるが、誰にも治すことができないのが恋の病《やまい》というものなのだ。

第二章　歴史の中の「女性神話」の誕生

出産と「聖なる女」神話をめぐって

「生命の再生」と二つのエピソード

「女性の聖性」ということを考えるとき、いつも思い出す二つのエピソードがある。いずれも、二、三年前に偶然テレビで目にしたインタビューである。一つは健康保険制度の改定に関するニュースで、出産費用への補助率が下がるというものだった。そこで二十代後半とおぼしき妊婦が、「出産という神聖な行為に対して国がこのような処遇をするのはおかしい」と忿懣《ふんまん》やるかたない様子で語っていたのである。

私が驚いたのは、私の親の世代ならともかく、八〇年代のフェミニズムの洗礼を受けているはずの若い世代が、出産を「神聖な行為」と表現してはばからないことだった。もちろん生命は尊いものであり、出産が生命の再生産であることは間違いないのだが、これを普遍的に神聖なものとして認知することは余りにも単絡的で危険なことではないかと私は思っている。「健全なる国民」を産むために良妻賢母教育を受けた私の親の世代ならば、出産＝神聖という図式が内面に刷り込まれているだろうが、母たちはそれを言語化することはしなかった。言語化し主張するまでもなく、彼女らはそれを信じていたのである。

しかし、現代に生きる若い妊婦がそれを言語化しなければならなかった背景には、試験管ベビーや代理母に見られるような医学技術の〝進歩〟によって、妊娠・出産という役割が女性から切り離されつつある状況があると思われる。つまりは出産＝神聖という古めかしい図式を戦略的に用いることによって、生殖に関わる分野を担うものとしての女性の立場を正当化しようという理論武装だ。

この発言は、若い世代が、世の中を牛耳っているオジサンたちを「わかりやすい方法」で説得しようとしたに過ぎないのであって、彼女らがほんとうに出産を「神聖なもの」と信じている確証にはならない。だが、生殖に関わる女性の力を神聖なものとする考えは、世代や年齢、性別を問わず日本人の間に根強くはびこっており、それゆえに彼女らはこのような理論武装を行う必要があったともいえるのである。

もう一つのエピソードは、ある高名な哲学者が脳死について語った場面である。彼は脳死を「人の死」とは認めない立場に立っており、その理由の一つに「出産もできる」ことを挙げていた。これを聞いた私の脳裏には、複雑にからみ合うチューブにつながれた女の胎内で刻々と膨らんでいく子宮、というＳＦ的なイメージが浮び、思わず背筋が寒くなったものだ。

ここで脳死について語る余裕はないが、はらむ脳死体は、生命体としての死を意味しないにしろ、個としての人間が生きている状態とはいえまい。脳死した女に縁もゆかりもない精子を注入すれば、彼女の意思とは関わりなく妊娠が成立してしまうのである。そうなると女は単なる「子袋」に過ぎなくなる。むろん、哲学者はこんなことを考えて発言したのではないだろう。むしろ、日本人が信じ続けた女性の聖性のよりどころである生殖という行為を、「生命の源」と考えて無邪気に語っただけかも知れないのだ。

しかし、果たして、生命の再生産は女性特有の神聖な行為である、という命題は普遍性を持つのだろうか。本論では「女性の聖なる力」の源泉を生命の再生産に求める言説を取り上げ、再吟味を行ってみたいと思う。

神秘化された「女の力」

民俗学などではさまざまな民俗現象を通して「女の聖なる力」を語ってきたが、その「聖なる力」をはぎ取った後の生身の女性に何が残るかという問いに対しては、「何も残らない」というそっけない答えを返すことしか私にはできない。しかし、「聖なる力」をはぎ取るということは同時に女性に関する文化的記号を取り去ることでもあるから、「女の邪悪な力」とか「母なる慈悲」といった価値づけもすべて無化されることになろう。女性に対するあらゆる価値や意味づけは、男性という価値基準に照らし出されて初めて発動するものであり、そもそも価値を評価する軸を取り去れば何ら意味をなさないのである。生物学的性差としての女性は、同じく生物学的性差としての男性との間に構造的な違いを持っている。これは事実であるが、これは単なる「違い」であって、そこに正／負、善／悪、聖／俗といった価値体系による意味づけを行わない限り、差異や差別は産み出されないはずである。このことについては、ニコル＝クロード・マチウが次のように語っている通りである。(1)

多くの社会において、繁殖は等しく男性の問題でもある。／結局のところ、なぜ、両性に固有な表象や儀礼における偶発的差異の原因を生命再生の諸条件にかかわる生物的な差異のなかに探し求めるのだろうか。（中略）さまざまな社会が、社会秩序における差異をつくるために、生殖の秩序における両性の差異をよりどころとするということは、生物学的差異のなかにそうした差異の原因があると考えることを促しはしない。（傍点は原文のまま）。

たしかに、「女が女であることはなんら恥ずべきことでないのと同時に、そのこと自体に超越的な価値があるわけではないのであって、過度の神秘化に陥る危険はつねに警戒しなければならない」(荻野美穂[2])のである。しかしながら、日本では過去においてさまざまな「女の力」の神秘化が行われてきた。そのもっとも偉大な〝功労者〟が柳田国男であることは論をまたないだろう。大正十四年、『婦人公論』に掲載された「妹の力」がそれ以後の民俗学や歴史学、宗教学や文学の研究に与えた影響は多大なものがある。たとえば、次のような部分には、「女の力」の源泉を生命の再生産に求める意図が顕著にうかがえる。

宗教的行為の重要部分はかつては婦人の管轄であり、田植え行事においては近世にまで顕著に見られる。女は生産の力あるものだから大切な生産の行為は女に依頼したのである。かつては兄妹の結合が重要な意味を持ち、妹は神の妻として生涯を神に捧げることにより兄弟の家の存続をはかった。玉依ヒメとはそうした高級巫女をさす普通名詞であり、斎宮は最高の巫女である。

ここには処女である斎宮を「神の妻」であるはずの「最高の巫女」とする矛盾が露呈してもいるのだが、それ以上に注意したいのは、「妹の力」が現代の用語でいえばジェンダー(社会的・文化的に作られた性差)としての女の力と解すべき概念だということである。

大正十四年の段階では限界があっただろうが、柳田は生物学的性差(セックス)とジェンダーとを明確に区別しておらず、そのため「妹の力」が女性の生物学的特性に由来するという図式が安易に継承されてしまったのである。だが、柳田が意識していたかどうかはともかく、神の妻として神の子を産む女性の力を「妹の力」とするならば、これはもはや実際の男女の性的合一とは切り離された理念としての生殖力であって、セックスとしての女性の特性とは何ら関わりのない文化的記号ということになろう。

ところが、主に民俗学の世界においてはセックスとジェンダーという概念が明確でなかったため（もちろん、どの学問体系においてもいまだ明確でないが）、「妹の力」と実際の生殖能力とは強固に結びついてしまったのである。それが近代国家の唱えた母性称讃とからみあった結果、女性の本質を「母性我」とした高群逸枝《たかむれいつえ》のような母性ファシズムともいうべき思想が蔓延していったと考えられる。

つまり、『母性』というもの、それは与えるのみであって、奪うことのない純粋な愛があります。この世には処女の母なんているはずはなく、それは矛盾の概念でありますが、しかし、そこに、女性に、何において価値を持つかということを明らかに示しております。それは『母性』と『処女性』とでありますね。そういう人類の普遍的な理想が、顕著にわが国の国民信仰にもみられることは、注意してよかろうと思います。

というような発言は[3]、こうした「妹の力」の意図的ともいえる誤解に基づいている。「妹の力」をジェンダーと考えれば、「女性の聖性」は文化が作り上げたものであって、本来的でも普遍的でもないことは明らかである。

男の視線が作る〝文化の表象〟

また、柳田の「妹の力」が後世に与えた影響としては、上野千鶴子が、

柳田は『妹の力』という言い方で『女性の霊的優位』を、そのままあたかも女性の地位の尊重であるかのごときファンタジーを吹込んだ罪作りな人だ、というふうに思っています。

と述べているように[4]、実際の女性の社会的地位や身分と、文化記号である「妹の力」を連動させてしまった点が挙げられる。

柳田が「新しい時代の若い婦人たちに説いてみる必要」を感じて「妹の力」の筆を執ったことを勘案すれば、この誤解は当初から方向づけられていたものだった。これも以後の研究に受け継がれた部分が多く、実際の祭祀に女性が中心的役割を果たしているから女性

の社会的立場も高かったと説かれることが少なくない。とくに、フィールドを主とする立場の民俗学者にはその傾向が顕著である。

しかし、岡田精司が、

以前から古代日本において司祭者が〝女性から男性へ〟移行したと説く人が少くない。その変化の時期は七世紀ごろという人がある。それらの〝常識〟的な意見の多くは、沖縄のノロをはじめ各地の民俗にみられる巫女を古代の遺制ときめこみ、さらに『魏志倭人伝』に見える卑弥呼のイメージと重ねるところから生じた大きな誤解であろう。本稿でみたように、古代において女性だけが司祭者であったという実証的な裏づけは見当たらない。

と指摘しているように[5]、現実の祭祀が必ずしも古代そのままであるはずがないことを考慮すれば、女性主導型の祭祀が原初的な形態であった確証はないし、女性祭祀者の存在が一般女性の地位や身分とパラレルであったともいえない。祭祀の「原初的」形態がどのようなものであったかは、限られた資料からだけでは推測しにくいし、それ以前に、「原初」という言葉の中にユートピアの幻を抱く近代人には、すでに何がしかのバイアスがかかっているといってよいだろう。

たとえば、乳房や陰部といった女性の肉体的特徴を強調した土偶が日本だけでなく世界各地で出土しており、これを証拠として、女性の再生産性が本来的に遍在したと説く人は多い。肉体的特徴があらわなだけに、これこそセックスとしての女性の特徴が「聖なる力」として崇拝された証しだと考えるのである。ただし土偶は生身の女性の「写し」ではありえず、巨大な乳房や女陰は「自然」の象徴として誇張されたものである。したがって、これは「素朴」で「原初的」な信仰などではなく、男性の視線によって価値づけられたジェンダーとしての女が表象された文化のかたちということができよう。

私たちは限られた資料から「原初」を遡及するという作業をしなければならないが、警戒しなければならないのは、「原初」＝「自然」という先入観がかなり支配的である点である。一部の近代知識人には、近代科学への批判から抑圧された過去の「自然」を美化しようとする傾向が見られるが、彼らが希求する「自然」こそ「文化」の対立概念として産み出されたものであって、決して「自然」が自然に単立しうるのではないことを忘れてはならない。

「文化」が成立したときと同時に、「自然」が産み出されたのであり、「文化」／「自然」という図式には、しばしば男性／女性という一対が重ね合わされた。女性の力が「自然」のものであるという言説じたい、「女の力」が文化の所産であることを物語っているのである。

民俗学では近年、「女の力の霊的優位性」の再検討が行われつつあるが、福田アジオが、

結局どういう立場であれ、いわば霊的能力を高く評価する立場であれ、あるいは実際の生活における主婦なり主婦権なりを考える場合でも、いずれもこれは男社会あるいは男を中心とした体系あるいは生活の中での補助的な役割あるいは副次的な役割としての女性という視点は一貫して存在する。

と述べているように、[6]単純に「霊的優位性」を強調するだけでなく、またそれを真っ向から否定するだけでもなく、まずは「女の力」という概念が文化の所産であること、そしてそれが産み出された文脈を確認したうえで一々の事例を検討していくことが必要な課題となってくるだろう。

生殖から切り離された男性

ところで、生命の再生産に関しては、なぜ男性の力がさほど大きな意味づけをされなかったかという問題も残されているが、この点については義江明子が柳田の「妹の力」批判を端緒として議論を展開している。

義江は、従来女性原理が支配的とされてきた福島市の「羽山ごもり」という祭祀のあり方を検討した結果、

一方的に女性のみの神妻奉仕としてではなく、男女の性的結合による豊饒の祈りが、一対の男女によって集約的に担われている、と位置付けるべきであろう。基層信仰の中に残る〝女の霊力〟なるものの実態がこうしたものであることをふまえて、柳田以来の女性＝祭祀者論を根本的に再検討する必要があるのではないだろうか。

と疑義を呈した。(7) これは、生殖における「聖性」が男女等分に担われうる可能性を指摘した画期的な論といえる。この論は民俗学者にも少なからぬ影響を及ぼしたらしく、宮田登の、

性交の基本は、男女両性の双方が等価値を前提として成り立つものである。男性の精液と女性の血液の交合が、生命の根源をうみ出すという原理が、性差秩序を調和させているはずである。しかし血液観の認識が男性側の認識の仕方により血穢観を発生させ、平等の立場であるはずの祭祀への関わり方に偏差を生じさせたと思われる。

という最近の発言は、これを意識したものといえよう。(8) しかし宮田は「これまでの女性の神がかり的素質云々の論議は、少なくとも客観的にとらえたものではなく、男性側のある種の思いこみもあるにちがいない」としながらもなお、

しかし女性司祭者の性格には、かりに男性神職とのペアが一般化していても、なお性差秩序は働いており、それが習俗化している民俗事実がある。それは、男性に欠如している部分、すなわち出産という文化記号、『産む性』にもとづく女性民俗の存在であり、それを否定することはできないのではないか。

という、従来とさほど変化のない結論に達している。

「文化記号」というのなら、それは「普遍」ではなく、ある時点で「文化」的に作られた「記号」に過ぎないはずである。ここには依然として「民俗事実」に「原初」を幻視する姿勢が感じられる。性交と妊娠との因果関係がいつごろから知られるようになったかは大きな問題だが、男女の性的結合が新たな生命の生産につながることは動かしがたい事実であり、生殖には男女両性の関与が必要なのである。しかし、男女の性的合一を「聖なる豊饒」の象徴とするよりも、女性に多くその役割を課したということの背景には、次のような事情が想定できよう。

すなわち、宗教観の変遷によって、性交や出産・月経の血がケガレとして忌避されるようになるとともに、そのケガレをともなわざるをえない生殖の部分を女性に背負わせることによって、男性は自らの手を汚すことなく生命の再生産を管理することができるようになったということである。

男性が生殖に関与していたことは、黄泉に下ったイザナミが「我はまさに汝が治《しら》す国民、日に千頭縊《くび》り殺さむ」とというのに対して、イザナギは「我はまさに日に千五百頭産ましめむ」宣言する『日本書紀』の挿話からもうかがえる。ただし、同じく生殖に携わるはずの両性が、かたや産んだ命を奪う恐ろしい母となり、かたや生命を管理する父となっていく点が注意される。

イザナギはまた、禊《みそ》ぎをすることによって性交なしにアマテラスという皇祖神を産むが、こうした姿には西欧社会におけるエディプス的な父ではなく、「産む性」としての日本的な父が見出される。しかしそれは、両性の性交に基づく生殖とは切り離された、ケガレに手を染めない再生産なのである。

女性を「産む性」と規定し神秘化する過程には、こうした男性による生殖の管理への意志が働いていると見られる。ケガレをともなう生殖に関わる部分を女性に背負わせることにより、男性は清浄なままに「父」として君臨することができるようになる。たとえば、大祓などでケガレを祓いながら、ひたすら母胎に精子を注入することに専念した天皇という存在などは、男性が生殖の中心を担うという点で、限りなく「母」に近い「産む父」といえるのではないだろうか。戦時中、「天皇の赤子」という言葉が用いられたのもゆえなしとしない。

このように、再生産性に由来する「女性の聖性」は、男性が実際の生殖から切り離される動きと平行して作り出された概念であるということができよう。

「聖なるもの」は存在するのか？

さて、ここまで述べてきて最後に残った問題は、「聖なるもの」とは何なのかということである。女性の「聖性」が男性というメタ・レベルの存在があって初めて産み出されるものであるならば、男性とか女性といった性の問題を超えたとき、「聖なるもの」もやはり何らかのメタ・レベルによって作り出されるものなのだろうか。それともすべての価値規範を超えたところに存在する絶対的な価値なのだろうか。

山折哲雄はブッダの馬陰蔵と『法華経』に描かれた変成男子をとり上げ、「性の超越」というテーマの重要性を論じている[9]。性器を隠して「「女子」のごとく平滑な陰部」となったブッダも、男性器が生じて男性の肉体を獲得し「女人成仏」を遂げた竜女も、ともに性を乗り超えることによって成仏を体現していると説く。

山折のいう「性」がセックスとジェンダーのいずれを指すのか、それともその二者を含むのか明らかではないが、「性」を超越するということは、評価軸としてのメタ・レベルをも超越することにつながるだろう。もしかすればそれが「聖なるもの」なのかも知れないが、これについて私はまだ答えを見出せないでいる。本論はそうした模索の一過程として書かれたものである。

【注】

（1）ニコル＝クロード・マチウ「男性は文化で、女性は自然か？」（E・アードナー他編『男が文化で女は自然か？』晶文社、一九八七年）
（2）荻野美穂「性差の歴史学――女性史の再生のために――」（『思想』七六八号、一九八八年六月）
（3）西田長男、三橋健『神々の原像』平河出版社、一九八三年（引用は西田の発言部分）
（4）三枝和子、上野千鶴子対談「フェミニズムからのラブ・コール」（『海燕』一九九四年三月号）
（5）岡田精司「宮廷巫女の実態」（『日本女性史①原始・古代』東京大学出版会、一九八二年）
（6）福田アジオ「義江明子「女性の霊的優位性の再検討」に対するコメント」（『日本民俗学』一九八号、一九九四年）
（7）義江明子「〈玉依ヒメ〉再考」（『巫と女神』平凡社、一九八九年）
（8）宮田登「民俗宗教と「女の力」」（『仏教』30号、一九九五年一月）
（9）山折哲雄「銀河鉄道・各駅停車」〈15〉〈16〉（『創造の世界』93・94号、一九九五年）

作られた美女神話――「東男に京女」考

文学作品と「京女」のイメージ

「京女」、おそらくこの言葉を聞いたみなさんは、とてもよいイメージを抱くことと思います。とくに京都以外の地域から来た人にとってみれば、「京女」は憧れの対象となるでしょう。最近、京都ではホテルに泊って舞妓さんや芸妓さんの扮装をし、写真を撮って貰えるというパッケージ・ツアーが女性たちの間で人気を呼んでいます。もちろん、町へ出れば本物の舞妓さんたちがいるわけですから、密室でのお遊びにすぎません。でも、それがなぜこんなに人気を集めたかということを考えるとき、思い浮かぶのはやはり「京女」の代表と見なされる舞妓さんへの憧れなのです。もちろん、女性だけではなく、いやそれ以上に、男性方にとって「京女」とは魅力的な存在であるはずです。

しかし、この「京女」とはいったいどんな人々のことを指すのでしょうか。京都に生まれ今も住み続けている女性のことをいうのならば、少なくとも京都市在住者のかなりの人が「京女」ということになるはずですが、先ほども舞妓さんを例に挙げたように、「京女」とはそのような単純な意味ではないのです。いくら賀茂川で産湯をつかい、上京《かみぎょう》の路地《ろーじ》の奥に住んでいる女性であっても、そう簡単に「京女」とは呼んでもらえません。なぜならば、「京女」とは実体というよりも、何らかの理由によって人の手で人工的に作られた概念に過ぎないからです。この概念は、主に江戸時代以降に生まれたものと考えられます。

では、「京女」への憧れを示す身近な例として、近代の文学作品から一、二拾ってみましょう。まずは、「京女物」というジャンルを打ち立てたといわれる近松秋江（明治九年、岡山生まれ）の作品です。彼は、男が関東から京都にいる愛人に逢いに来るという設定で多くの京都を舞台とする小説をものしています。『四条河原』（大正五年）には、もう東へ帰らなければならないのに遂に逢いに来てくれない女を恨み、「たよりのない薄情な京女はこれかぎり思ひ切る」という手紙を出す場面があります。彼の愛人はどうやら芸妓らしく、男は女に弄ばれたような気がするのですが、「京女」が素人女ではない点、薄情な「悪女」と思われている点が注目されます。

また、有名な『黒髪』（大正十一年）には愛人である「京女」の容姿が描写されています。「そして、生れながら、何処から見ても京の女であつた。尤《もつと》も京の女と云へば、どこか顔に締りのない感じがするものが多いものだが、その女は眉目の辺が引き締まつてゐて、口元なども屢《しば》〳〵彼地《あちら》の女にあるやうに弛《ゆる》んだ形をしておらず、（後略）」

この部分には「どこから見ても京の女」といいながら、彼女が「京の女」にはない美しい容貌だとする明らかな矛盾があります。京都の女性の顔形にどのような特徴があるのか、いわゆる「純粋の京都人」というのがありえないのと同じく、いちがいには言えないのですが、東から来た男にとってみれば、恋慕う女こそ「京女」の典型と映ったのです。逆にいえば、彼にとっては京生れの女であればどんな女であっても、それを「京女」と認識した時点ですでに価値が芽生えていたのでしょう。

「京女」への憧れ度が東に並んで高いのが、京都から遥か離れた北海道の男性です。渡辺淳一はその代表でしょう。ずばり『私の京都』という名の随筆集がありますが、ここには「京女」についての興味深い考察があります。「京女」の容姿は、円顔に近い瓜実顔、色白、柔らかな二重、おちょぼ口などであるといいながら、これが近代的美人像とかけ離れていることを指摘し、「古くからの都に住む女だから、美しいに違いない。こう思う背景には、都の女は洗練されているという先入観がある。これに家柄のいい優雅な令嬢のイメージがダブる。（中略）実体以外の価値を「付加価値」というが、まさに京女ほど、付加価値の高い女はいない」と述べています。渡辺氏はもっぱら京都の花街で女性観察をされたようですので、これは素人女ではなく、舞妓さんや水商売の方々についての見解と思われますね。

しかし、現在では花街の女性は京都出身者の割合がきわめて低く、立原正秋の小説『その年の冬』では、現職の芸妓に「祇園の舞子《ママ》は、九州、四国の徳島、静岡が多いのですよ」と言わせているくらいです。これらの小説からうかがえる「京女」の姿とは、素人ではなく花街のプロで、しかも美しさに共通性を持たず、常に京都以外の地方の人からその価値を評価される、ということになります。

つまり、「京女」とは一定の基準を持たないイメージとしての存在であると考えられます。

「京女」は働き者で商売上手

では、こうしたイメージはいつ、誰によって作られたのでしょうか。「京女」と聞くとたいていの人は「東男《あずまおとこ》に京女」という有名なことわざを思い起こすでしょう。この意味は、「男は関東、女は京都。威勢がよくて粋な江戸っ子に美しくてやさしい京女を並べてとり合せのよさをたたえたもの」（守随憲治監修『故事ことわざ事典』）と説明されています。結婚式の祝辞でもしばしば耳にすることわざで、江戸時代の俳句などにも現れます。

しかし、実は江戸時代では異なった表現がなされていました。歌舞伎『神霊矢口《しんれいやぐち》の渡《わたし》』に「東男に都の女郎、意気と情を一つによせて、色で丸めて恋の山」、あるいは川柳集

『柳多留』に「ぬれ事は東男に京女郎」とあるように、「京女」ではなく「京女郎」だったのです。

「女郎」とは「上臈」、すなわち上級の女房から生まれた言葉ですが、ここでは明らかに芸や春をひさぐ商売女を指しています。もちろん下っぱの女郎ではなく、吉野大夫や夕霧大夫といった高級な色事のプロのことです。彼女らは「京女」の典型として男性たちから憧れられ、東男が東海道五十三次を経て京へ行き、京女郎に逢うところで上がりとなる双六まで作られていました。

つまり、近代作家が受け継いだ「京女」イメージには、江戸時代に名をはせた京の大夫たちが原型としてあるのです。しかし、「何とか男に何とか女」という言い方は同じ江戸時代にも「越前男に加賀女」（『好色三代男』）などという例があり、もともとは「東男に京女」ばかりであったわけではありません。

「京男」だって負けてはいません。「京男に伊勢女」（狂言「若和布」）という例もあるくらいですから。こうした男女を出身別に取り合せることは、古く鎌倉時代の説話集『古今著聞集』に溯りますが、この話はちょっと下がかった艶話ですのでここでは省くことにしましょう。ご興味のある方はお読み下さい。

さて、おそらく「京女」という言葉そのものが登場する最古の文献は、杜甫《とほ》の詩に付けられた室町時代の注釈書『杜詩読翠抄《としどくすいしょう》』ではないかと思います。これは「日本または奈良士《おとこ》京女と云て棚在りて売をなす者、各別風俗に随うのみ」（原文はカタカナ交じり漢文）というもので、奈良の男と番にされている「京女」とは商人のことを指しています。つまりは働き者の商売上手ということで、売色女性という意味は見当たりません。

平安末期の『今昔物語集』には、なれ鮨や干し魚を売るたくましい女商人を描いた説話が収められていますが、「京女」の実像としてはむしろこちらの方が適当ということになりましょう（かなりいけずですっからい女性ばかりですが）。美しく、やさしく、そして「みやび」な「京女」という幻想は、ここにはありません。

ただし、室町時代には商品経済の発達によって京という都市を舞台に多様な商売が成立して行きます。これらはみな「職人」と呼ばれ、女性も男性もおり、扱う商品も食品から衣類までさまざまで、果ては医者や巫女、下級僧侶や芸能者なども職人に含まれています。中世には、彼らを番にして商売に関わる事柄を詠み込んだ和歌を合せるという『三十二番職人歌合』とか『七十一番職人歌合』といった作品まで作られるようになります。ここには、辻君、立君、図子《づし》君と呼ばれる遊女たちも職人として扱われていますので、職人「京女」としての彼女らの姿が強調された結果、江戸時代の遊女を「京女」とする風潮が生まれたと解釈することもできます。つまり「京女」という言葉に色事の匂いが漂いはじめるのは室町後期ということになるのではないでしょうか。

威勢のいい〝江戸っ子〟と優しげな〝京女郎〟

このような時代背景の中で、さまざまに流布していた「何男に何女」という組合わせが淘汰されていき、結果的に「東男に京女」が生き延びた理由を考えてみたいと思います。

もっとも大きな原因は、『万葉集』以来「あずまえびす」と呼ばれてマイナスのイメージばかり語られてきた東男が、粋な江戸っ子としてその価値を高められてきたことにあると考えられます。

『万葉集』四三三三番には、「鳥が鳴くあづまをとこのつまわかれ悲しくありけむ年のながみ」という歌があります。「鳥が鳴く」とは東にかかる枕詞であり、関東の人々の訛りが都（当時は奈良ですが）からすれば聞きづらい響きを含んだ「野蛮」な言葉に思えたことを指しています。

また、『源氏物語』では、「荒ましきあづまをとこの腰に物負へる、あまた具して」（宿木巻）という例もあって、東から来た男はそうじて荒々しく、都の貴族から見れば階級の異なる人々として召しつかわれていたことがわかります。中世のポルトガル語による日本語辞書『日葡辞書』でも、「あづまをとこ」に「東国の男、卑しむべき男、あるいは田舎者の男」という注を付けているくらいです（関東出身の男性がいらっしゃったらすみません)。

このように、中世のある時期までは、東の男とは貴族に代表される都の「みやび」文化とは対極的な位置におとしめられていたといえます。念のため付け加えれば、関東とは逢《おう》坂山《さかやま》の向こうすべてを指すわけで、近江や岐阜といった近畿圏に近い地域も立派な関東でした。

ところが、マイナスイメージばかり語られてきた東男ですが、江戸を境にその様相はがらりと変化します。これにはおそらく、応仁の乱を経て焼け野原となった京に後の戦国武将たちが入り込み、「尾張の田舎者」などといわれながらも次々と京の復興を成し遂げた豊臣秀吉などの影響もあるのでしょう。細々と商売を続けて来た商人も、貧乏で食い詰めたお公家さんも、そろって東からの新たな息吹きを感じ取り、ちゃっかり利用したのかも知れません。

応仁の乱によって下京と上京が分断された後、室町時代から元禄時代にかけて、京には遊里や遊興地が特定の地域に集中して出現するようになります。先に挙げた『七十一番職人歌合』にも遊女の姿が目立ちますし、一休和尚の漢詩に出てくる「地獄が図子」「かせが図子」も遊女の営業所でした。これらは京内はもとより、武将やその家来を客層として栄えたのだと思われます。

そのうち、東の中心である江戸に城が開かれ、江戸独自の男性に対する価値評価が生まれて来ます。それが、威勢のいい江戸っ子のイメージではなかったでしょうか。

こうして、一見なよなよして優しげな京の女郎に較べて、きっぷよく、粋や通《つう》を兼ね備えた江戸の男はきわめて理想的なカップルとされたのです。とくに、十七世紀に男たちの心を動かした名妓・吉野大夫などは、京女郎の最良イメージを形成するのに力があったことでしょう。貴族の姫君にも劣らない気品と教養は、公家からも豪商からも愛され、伝統的な「京女」となったのです。ただ、もちろん、すべての江戸の男が粋で通な江戸っ子であったはずはないのですが、この背景には、男は逞しく、女は優しく、といった理想像があったと考えられます。だから、反対に京の男は「なんや頼りのうてな……」などと悪口を叩かれがちなのです。

こうして、「何男に何女」という定型は、色事の理想像という観点から、「東男に京女」という組合わせを不動のものにしたのでした。

言葉の裏に隠された〝特定のイメージ戦略〟

どうですか、みなさん。これからは「京都ご出身ですか。京女ですね」などといわれて単純に喜んではいけません。無邪気に発せられるこの言葉の裏には、女性に対する特定のイメージ戦略が働いていたのがおわかりいただけたかと思います。

京の女といっても、大阪や神戸の女性と何も変わるところはないのです。しかし、京都生まれかどうかにかかわらず、今京に住んでここを活動の場としている女性たちにとって、本当の意味での「京女」の特性があるとするならば、それは誰かから作られたイメージではなく、女性たち自身が作り出していくべきものではないでしょうか。これから「京女」がどんなふうに変って行くのか、それを見るのが私の楽しみでもあり、希望でもあります。

女はなぜ幽霊になるのか？

近世の〝三大幽霊〟は女性ばかり

「怒りゃふくれる、叩きゃ泣く、殺せば化ける」――近世の俗言にこんな言葉がある。これは女性のことを言ったもので、とかく女は度しがたいといった意を表したものだ。ここで重要なのは「殺せば化ける」であり、女性は死ねば化けて出るといった意識が強かったことがうかがわれる。つまり、女は幽霊になりやすいと信じられてきたのである。

円山応挙《まるやまおうきょ》描く幽霊画を見ても、幽霊は女性ばかりのように思える。幽霊と聞けばすぐに累《かさね》やお岩、お菊といった近世の三大幽霊が思い出されるごとくである。しかし、果たしてほんとうに幽霊には女性が多いのかということになると、そんな疑問を持つことすら意識しなかったという人が大半なのではないだろうか。なぜ幽霊に女性が多いといわれるのか、改めて考えてみる必要があろう。

妖怪研究で有名な江馬務《えまつとむ》は、『日本妖怪変化史』（中公文庫）で幽霊と女性との関わりについて次のように言及している。

（田中注・幽霊が）人の姿として出現したときにおいては、室町時代以前には男の姿が多い。が、応仁の乱後からは女の姿が多くなって、男の姿の約二倍半に及んでいる。（中略）これ、（ママ）近世には愛恨のため出る幽霊が主として女であるからである。これ、女性が男性よりも執着心が深いからであろう。

江馬のいうように、女の幽霊が多いと私たちが感じるのは近世の幽霊を想定しているためであって、それ以前の時代には男女ともに同じように幽霊となって出現しているのである。たとえば、もっとも有名なのは死んで怨霊と化したと伝えられる菅原道真であろう。恨みを持って死んだ後に生前の恨みをはらそうとして出現するものを幽霊というのなら、怨霊もその一つに含まれるはずである。道真の場合、藤原時平の謀略により左遷の地で死んだという恨みがあるのであり、それをはらすため怨霊化するのだから、立派に男の幽霊といえる。

片や女の幽霊であるが、同じ平安時代では、物語中の人物であるが『源氏物語』にその代表ともいえる六条御息所《ろくじょうのみやすんどころ》の怨霊がみえている。彼女の場合は生きている間も生霊として恨む人にとりついたが、死後は紫の上や女三の宮などを苦しめた死霊となった。近世以前で著名な男女の幽霊を挙げるとするならば、道真とこの六条御息所に極まると思われる。

また、中世に入ってからも男女両方の幽霊が日本の文芸を賑わせている。男性では、たとえば『太平記』で大森彦七を悩ませた楠木正成の霊などがすぐに挙げられるから、やはり男性の幽霊が存在していることは明らかである。

とくに室町時代には、謡曲において数多くの男女の幽霊が登場してくる。謡曲には、シテが幽霊として出てくる複式夢幻能と呼ばれる形式があり、現行曲の大半はこの形式で構成されている。これは、前場で幽霊がワキに供養を頼み、後場で自らの苦悩を再現して見せるというものである。こうした曲は、『源氏物語』や『伊勢物語』、『平家物語』といった当時の古典に題材を求めたものが多く、たとえば『平家』に取材した「重衡《しげひら》」では、後場でシテの重衡の幽霊が父・清盛の命令で東大寺を焼き打ちした罪によって苦しむさまを再現し、供養を乞う。このほかにも「善知鳥《うとう》」や「藤戸《ふじと》」のように恨みをのんで死んだ男性の幽霊を扱う謡曲は多く、女性の幽霊がシテとなる曲とほぼ同数にのぼるのではないかとみられる。

俗信に縛られた女たち

こうしてみると、幽霊に女性が多い、というのは近世以前には当てはまらないようである。では、なぜ近世になると急に女性の幽霊が目立って増加するように見えるのだろうか。この、時代との関係については諏訪春雄が『日本の幽霊』(岩波新書)で次のようなことを述べている。

近世は封建制度の時代で、男性に比較して女性に自由がなく、男性の横暴に苦しんだ。そのために、近世に登場する幽霊には女性が多かったとよくいわれる。

たしかに、近世の社会のありかたは女性の幽霊の登場に深く関与していると思われる。時代が下るとともに女性の社会的地位が下がり、男性の支配下に置かれるということはしばしば家族史でもいわれてきたことである。幽霊が、現世に深い恨みを遺して死んだ者であることを鑑《かんが》みれば、男性社会に抑圧された女性が幽霊になってもおかしくはない。また、先に引いたように、江馬は「女性は男性より執着心が強い」点を強調していた。その真偽はともかくとして、執着心が強いと考えられてきた女性が男性の抑圧にさらされて死んだ場合、幽霊になりやすいと思われたのは間違いないだろう。

謡曲の例などをみると、この世に未練を遺すことは男女いずれも同じであり、とくに女性が強い執着心を持つとは考えにくいが、これは仏教の教えからきたものである。女性の悪をまとめて示している『浄心誠観法《じょうしんしょうかんぼう》』(唐・道宣)には、女性が十の悪業を持つと記されている。それを受容した日本の仏教では、女性は嫉妬深く、物を偽り、身体が不浄で、欲心が盛んである、などと説かれることになったのである。

この十悪業のうち、何に対しても欲心が盛んである、という点が敷衍《ふえん》されて、執着心が強いということになったと想像される。平安時代からこういった仏教の教えは喧伝《けんでん》されており、女性はこの世に未練を遺すことが強い、という俗信を生み出したのであろう。女性の社会的地位の低下にともなって、この俗信は強く女性を縛り始める。それが近世という時代であった。

ただ、女性はこの世に執着するから幽霊になりやすい、という説明は一見わかりやすいのであるが、先にも述べたように執着心の強さは仏教の教えから派生した俗信にすぎない。すべての女性が強い執着心を持つとは限らないし、男性とて執着心が強い者は幽霊になるだろうからだ。現世への妄執《もうしゅう》の有無は、性別よりその死に方にあるはずである。幽霊に女性が多いという印象がなぜこれほど定着しているのかを考えるためには、もっと別の要因を探す必要があろう。

さて、現世への恨みが遺るのはその死に方にあるというのは先述した通りである。そうすると、男女は性によってその死に方にいささか違いがあることに気づかされる。たとえば、戦乱の世であれば出陣していく男性の方がより死にやすく、したがって妄執も残りやすいであろう。だが、近世という一見平和な時代にはそういったことはない。しかし、そんな平穏な時代において、男性と比べると女性は死に方が異なっている点が指摘できるのである。

女性という性でなければ体験できない死に方とは、つまり出産に関わる死である。医学がいまほど発達していなかった時代、女性にとって出産は命がけの行為であったことはいうまでもない。出産で命を落とす女性の数は、現代からすると比較できないほど多かっただろう。したがって、近世においては、女性は男性より死に方のバリエーションが一つ多かったということになる。

出産にまつわる〝死の恨み〟

出産による死は、とくにこの世に未練を遺しやすい死に方であったと考えられる。自分の身が失われる悔しさもさることながら、わが子の行く末は女にとって多大な関心事だったろう。死んだ母親は、生まれた子が無事に育ってくれるかという心配事を抱えることになるのである。不幸にも子供も同時に死んだ場合であれば、恨みは二倍になったことだろう。こうした出産にまつわる死の恨みは、女性特有の、しかも当時では避けられないものだったのだ。

また、出産で死んだ女性は必ず血の池地獄に堕《お》ちるともいわれていた。女性に幽霊が多いといわれる理由の一つには、この出産という問題が深く関わっているのではないだろうか。そういえば三大幽霊のお岩も、出産で死んだわけではないが初産の肥立《ひだ》ちが悪いという設定であった。これもまったく関係ないとはいえないだろう。

ところで、出産死といえば妖怪の一つである産女《うぶめ》（＝姑獲鳥）が思い出されるだろう。近世の女性幽霊には、この産女のイメージが漂っているのではないかと思われる。鳥山石《せき》燕《えん》によると、産女は子を抱き、下半身血まみれの姿で現れ、通り掛かった人に子を抱かせると、子供は次第に重くなっていくという。産女は鳥の姿で表されたりもするが、もともと出産で死んだ女性が妖怪と化したものである。したがって、妖怪とはいえもとは幽霊の範疇に入る存在であった。

出産死した女が化けて出ないように供養するのが、流灌頂《ながれかんじょう》である。流灌頂にはいろいろな種類があるが、一般的に行われたのが「洗いざらし型」で、死者が身につけていた衣類の一部か経文などを書いた布を四本の棒に張り渡し、布の色がさめるまで水をかけて晒すものである。これによって、出産死した女は成仏するといわれている。すでに指摘されているが、『東海道四谷怪談』の初演では、お岩が流灌頂の中から産女のいでたちで現れる演出がなされていたという。このように、女の幽霊と産女とはほとんど同じ位相にあると意識されていたと思われる。

これらと似た例であるが、出産しないまま死んでしまった妊婦も幽霊となると考えられていた。『奇異雑談《きいぞうだん》』下巻に、次のように記されている。

世間でいわれていることだが、妊娠したまま死んだ者を野に捨ておけば、胎内の子は死なずに生まれるので、母のたましいが幽霊となって、子供を抱き、養いながら夜出歩く。

「幽霊の子育て飴」の伝承が各地に残るように、これは無事に生まれた子供を幽霊の母が養うという話であり、その場合母親は子育てのため現世に現れるということになる。出産死と同じく、女性ならではの幽霊であり、子への思いが妄執となるさまは哀れでもある。

このように、幽霊に女性が多いといわれる理由としては、女性という性が「産む性」であるということとつながりがあると思われる。当時としてみれば、女性と生まれたからには避けて通れなかったのが出産である。出産死という、女ゆえに経験する特異な死に方があったからこそ、女性が化けて出るという認識が近世において広まったと考えられるのではなかろうか。

〔追記〕

女の幽霊の原因として出産をあげることについては、堤邦彦「女霊の江戸怪談史」（『幻想文学　近代魔界へ』青弓社、二〇〇六年）で反論がなされている。

第三章　神仏と女神の世界

女神の図像学――母なる神と死の神

『記紀』に見える女神のイメージ

本論のタイトルにある「女神」という言葉は、古くから日本にあったものではない。近代以降、西欧キリスト文化が受容された後、女性の神を「女神」(goddess) と翻訳したに過ぎないのであって、日本における一般的な名称とは「姫(媛)神」、あるいは大和ことばでいう「をみながみ」であった。したがって、キリスト教文化的な概念では計れない日本の女神について論じる場合、どのような神を女神と概念規定するか、ということが問題になろう。もちろん、もっとも簡単な解答は「女性の神」ということになるが、とすればその次には、この「女性」が生物学的な性差(セックス)であるのか、社会的文化的な性差(ジェンダー)であるのかという問題が待ち構えている。本来神が人間のような肉体を持つことはないので、セックスの方は除外してよかろう。つまり、神の性差とは文化が作

り上げたジェンダーのみと考えてよいことになる。(1)

性差がないとされる仏に比べれば、神には人間の姿に似せて性差を表す特色が色濃く感じられる。それは日本土着の自然神的な神であっても、仏教の守護神として渡来した異国の神であっても同様である。日本独自の絵画形式である垂迹画を見ても、本地に当たる仏たちが儀軌《ぎき》に準じた姿で描かれているのに対し、垂迹身《すいじゃくしん》たる神の方は狩人姿あり、女房装束あり、衣冠束帯あり、童子形ありというように、あたかも人間そのものを描写したかのようだ。

これは、神が穢土《えど》たる人界の塵に交わるための方便として、人間に近い形に変身したことを表している。なかでも、神は女性や子供、老人の姿に変じることが多く、(2)成人男性の姿を取るのは生前人間だった北野天神くらいで、きわめてまれである。

日常世界のソトからやってくる聖なる存在を表す形態としては、日常の枠組みをつかさどる成人男性以外の者がふさわしいということだろう。ここからは、聖／俗、非日常／日常という対立のほかに、周縁／中心、混沌／整序という図式も読み取ることができる。神は聖なるものとして崇敬されるが、それを形象するのはあくまでも周縁に位置付けられていた者だ、というパラドクスがみられよう。

以上のようなことを踏まえ、本論では女神を次のように規定することにしたい。一つは、仏教・神道の別なく、図像やテクストの上で女性という外形で表現されている神。もう一つは、それに加えて女性というジェンダーが付与されている神である。これらについて、いくつかの観点から論じることにする。

まず、日本における女神の「始源」に相当すると思われる神から見ていくことにしよう。それはいうまでもなく、『古事記』『日本書紀』の「国生み神話」に登場するイザナミである。配偶者を持たない（したがって性差もない）神々が何代か続いた後、イザナギとイザナミという男女のジェンダーを持つ神が現れた。彼ら夫婦の性交渉は肉体の存在を示すわけではなく、国生みという儀礼を象徴したものに過ぎない。

イザナミは次々と子を生むが、最後の出産の際、女性の象徴というべき陰《ほと》を焼かれて黄泉へ至る。その後夫婦が仲を違え、「千人所引の磐石」を挟んで言い争う言葉は、女神の性質を知るうえで興味深いものである。妻が「あなたの統治する国民の命を日に千人奪おう」というのに対し、夫は「では私は日に千五百人を生ませよう」という。イザナミには、子を生み出す「大いなる母」という機能とともに、生んだ子の命を容赦なく奪うという側面が与えられている。生命の再生産を行うはずの陰部が焼かれて死に至るというくだりからも、イザナミが単純に大いなる母性の体現者とはいえないことがわかる。

日本で初めての女神だったイザナミは、生命の源である母と、死をつかさどる畏怖すべき者という両面を併せ持つ両義的な存在として登場したのである。このイメージは、後代の日本の女神イメージに大きな影響を及ぼしたと思われる。

また、『記紀』にはもう一組の注目すべき女神たちがいる。人の死の起源を語る、ホノニニギの婚姻の話だ。彼が見染めた美しいコノハナノサクヤビメの婚礼には、醜悪な姉のイハナガヒメが付随していた。夫が姉のみを返すと、父のオホヤマヅミは「命が岩のように長らえることを願って姉をつけたのに、これからは人の命は花のようにはかないものとなるだろう」という呪いの言葉を吐く（「一書」では姉自身の言葉として語られる）。姉妹は美／醜、脆弱／堅牢という正反対の要素を持っているが、おそらく二人は同体として意識されていただろう。一人の女神が持つ両極端の性質が、二人の神格に分けて語られているのである。

同様の例に、『涅槃経《ねはんぎよう》』に見える吉祥天《きつしようてん》と黒闇天《こくあんてん》の姉妹の説話があり、この場合も美しい吉祥天が富と繁栄をもたらすのに対し、醜悪な黒闇天は貧困を運ぶが、二人は常にともに行動するといわれている[3]。このように、女神には美／醜に代表されるような外見的な両面性が想定されているのである。美／醜には、男性文化のまなざしを通して見れば、若／老という対立も自ずから含まれることになるだろう（図1参照）。

いま、『記紀』に見える女神の代表的なイメージを挙げてみたが、ここには後の女神イメージのほとんどが出そろっているといってよいことがわかる。すなわち、生と死をつかさどる者、美醜を兼ね備えた者、という大枠と、そこから派生する下位の要素、つまり善／悪、若／老、富／貧などである。川村邦光氏はさらに、妻女／単身、定住／漂泊とい

図1　絹本著色天河弁才天像（石山寺蔵）蛇身の女神は醜悪の象徴である。

う要素を加えてもいる。(4) では、以下、この大枠をめぐって具体的な図像を見ながら述べることにしたい。

生と死をつかさどる女神たち

先に述べたように、日本における女神イメージの根底には生命をつかさどるという要素があった。生命を生み出すことも、自らの手でそれを抹殺することもできるわけである。こうしたイメージがもっとも顕著に見られる例は、仏教守護神として知られる訶利《かり》底母《ていも》、いわゆる鬼子母神であろう。今でこそ子供の守護神として知られるが、『宝物集』巻六(九冊本)に「鬼子母は五道大臣の妻なり。天上に五百人、人間に五百人、千人の子をもち給へり。生物の子をとりて、是を養育す」とあるように、本来は我が子のために人の子を食料とする鬼神だった。

醍醐寺に蔵される鎌倉時代の「訶利底母像」などは、幼児を抱く慈愛あふれる姿で描かれるものの、この女神は子を生むと同時に子の命を奪うという、極端な二面性を有していたのである。女神に生命の再生産性を見出し、それのみを評価するあり方が矛盾していることは、この例からも明らかである。

生命をコントロールする機能が女神に託されていたことは、民話や説話に登場する山姥

図２　三重県関町の地蔵院にある奪衣婆像

にも見受けられる。これは、山に住む超自然的存在を老女の姿で形象したものである。『今昔物語集』巻二七ノ一五話の、密かに出産しようとした女房が山科で親切な老女に出会うが彼女は「鬼」だった、という話は、そうした「人里離れた山に住む鬼女」の姿を髣髴とさせる。老女は女房の出産の世話をするが、実は乳児を取って食らうのが目的であり、そこからは生命を生み出し奪うという女神の一面をうかがうことができよう。

また、この『今昔』本文の「年とった女で、白髪が生えた者が出て来た」という老女の描写からは、生命をつかさどる女神がしばしば年たけた女性の形で描かれたことがわかる。山姥を描くもっとも古い資料は謡曲の「山姥」であるが、「姿形は人なれども、髪には棘の雪を頂き　眼の光は星のごとく　さて面の色は　さ丹塗りの　軒の瓦の鬼の形」と謡われるように、人をおじ恐れさせる怪異な老女の容貌であった。

黄泉へ下ったイザナミが醜悪な姿に変じていたことを想起すれば、老女とは性における「現役」を退いた者、醜悪な存在、という意味を有すると思われる。民話には山姥の出産というモチーフもみられるが、老女は自ら生命の再生産を行うというより、生命の源を支配する者と考える方が妥当であろう。

生命をつかさどる者が、性的に生産性の高いはずの若年女性ではなく、現役を退いた老女で表されることは、三途《さんず》の川のほとりにいる奪衣婆《だつえば》にも投影されている。『地蔵十王経』にはじめて見えるこの姥神は、『法華験記』中巻第七〇話に「一人の老女の鬼がいる。その姿形は醜く恐しい」と記されており、日本では醜悪な老女として認識されていた。

室町物語の『天狗の内裏』では、奪衣婆は人が誕生する際「ゑなきん」を貸し与え、死ねばそれを返させるといわれている。川村氏の指摘するように、奪衣婆は生と死をつかさどる職掌があるとされていたのである(5)(図2)。

文化人類学では、生命をつかさどる女神として大地母神という存在が汎世界的に見られるとし、ヴェレンドルフのヴィーナスと呼ばれる神像のように、それらは乳房や陰部といった母としての器官を強調した姿で表現されるという(6)。しかし、日本の姥神の像では授乳のための乳房は萎縮して垂れ下がり、鬼女としての醜悪な容貌は「柔和な母性」というイメージからはほど遠い。これは「母性」がセックスに由来する普遍的な存在ではなく、文化が女性に付与したジェンダーであることを示していると思われる。生命をつかさどる姥神の図像は、「母性」とは「子を生む女性」と同義ではなく、あくまで文化が作り上げた概念に過ぎないことを雄弁に物語っているのである。

和様化する女神たちの図像

次に、美と醜の対立という女神のもう一つの側面について述べたいと思う。醜さという要素は先にみた「生命をつかさどる者」という側面とも関わりを持っていたが、女神には

図3　重文　法華経陀羅尼品（見返絵）（太山寺蔵）

図4　重文　普賢十羅刹女像（奈良国立博物館蔵）

図5　吉野御子守女神像（大和文華館蔵）

図6　重文　清滝権現影向図（畠山記念館蔵）

姥神とはまったく異なった美麗な図像で描かれる場合も多い。これは、美／醜という二面性の一方の要素を強調したためと思われるが、その美は容易に醜へと転換し得る相対的な価値である。このことを、十羅刹女《じゅうらせつにょ》の例を取り上げて述べてみよう。

十羅刹女とは、普賢《ふげん》菩薩の眷属《けんぞく》である十人の守護神をいうが、「羅刹」とは鬼と同義なので「鬼女」という意味でもある。『今昔』巻一七ノ四三は、鞍馬寺に籠った僧が羅刹鬼に襲われる話であるが、鬼は「女の姿となって」僧の前に出現する。これは人間に害を及ぼす羅刹だが、羅刹女が本来鬼神たる怪異な容貌をしていることを示している。

『大唐西域記《だいとうさいいきき》』などを出典とする『今昔』巻五ノ一は、天竺の僧迦羅《そうから》が羅刹国へ漂着し、美しい羅刹女を妻とする話である。女たちはみな「端厳美麗」で、僧迦羅一行は「すぐに愛欲の気持が起った」のであるが、妻の正体に気づいた者が逃げ出そうとすると、女たちは「背丈が一丈くらいの鬼女になり、四、五丈とび上がりながら踊り、大きな声で叫ぶ」というおぞましい形相となる。これが本来の姿だったのである。

この話では、女たちに食い殺されかけた人の話に「見る人見る人、すべて女であった」という部分が見えるが、これは『宇治拾遺物語』の類話では「産みと産む子はみな女なり」と異なっており、男から子種を吸い取ったあと食い殺すカマキリのごとき女への畏怖が漲っている表現として注意されよう。羅刹女とは、鬼子母と同じく仏教守護神となる以前の鬼女の属性を遺している存在なのである。

多くの場合、羅刹女は美麗な人間の女性の姿に変じて法華持経者の手助けを行う。『今昔』巻一二ノ四〇や巻一三ノ四はいずれも『法華験記』出典の話で、美麗な天女形に変じた羅刹女が食物などを法華の行者に奉ることになっている。だが、こうした容姿は男性の愛欲心をくすぐる危険な美でもあり、美という要素が守護神としての「善」を表すと同時に、「悪」でもあるという矛盾をはらんでもいるのである。

たとえば『今昔』巻一三・四では、羅刹女の美しさに魅了された良賢という僧が「愛欲の心」を起こした途端、羅刹女が「たちまち大変美しくうるわしい姿を捨てて、本来の、激しい怒りを表わす悪しき形」になったと記される。よこしまな愛欲の心を契機として、羅刹は本来の醜悪な鬼神の姿となりそれを懲罰するわけである。羅刹女の醜悪な姿を単に「悪」としてとらえるのではなく、「醜」の力によって仏教を守護する役割が期待されていたと見るべきだろう。

さて、羅刹女は仏教絵画では普賢に随逐《ずいちく》する十人の美しい女神像として描かれている。こうした美麗な女神の図像を追ってゆくと、そこには唐風から和風へ、という流れが認められる。

図3と図4は同じく普賢菩薩と十羅刹女を描く図であるが、図3が中国風の装束で表されているのに対し、図4ではまるで宮廷女房のような装束の羅刹女が普賢の周囲に配置されているのである。これは、羅刹女の美麗さを日本人の好みによって解釈し直した図像で

はないだろうか。日本人が羅刹女の美しさを思い描くとき、男性のまなざしによって計られる美とは異国の女ではなく、和様化した「日本美人《やまとおみな》」だったと考えられる。

もちろん、唐風から和風へという流れがすべての女神の図像に当てはまるものではない。ただ、仏教に由来するもの、日本土着のものを問わず、美、そして善を象徴する女神が和様化した形態で描かれる傾向は認められるといってよいのではないか。

一、二例を挙げれば、図5に示した吉野水分《みくまり》明神や図6の清滝権現が顕著なものであろう。水分明神は本来吉野山の水をつかさどる「水の女」的女神であるが、ここには女房装束で子を抱いた姿として表される。これは「みくまり」が「みこもり」、すなわち「み子守り」という語呂合せをされた結果生まれた特殊な像で、十羅刹女の一人に数えられる訶利底母の図像と一致することが知られている。子を守る「善」であり「美」である母のイメージが、日本人にとって身近な女房姿になった例と解されよう。

清滝権現の場合は、唐の青竜寺の守護神を勧請した中国由来の神であるにもかかわらず、宝冠を頂く日本女性の姿で出現している。これも仏教守護という役割を、子を守る母というイメージに重ね合せたものといえる。また、清滝権現も水分明神と同じく水の神を形象化したものだが、水にはけがれを清めるという機能が託されていた。

『大祓祝詞《おおはらえのりと》』では、ハヤサスラヒメなる女神がけがれを水に乗せて彼方へ持ち去るといわれており、水の神を女性として描く背景は、女性というジェンダーに、けがれのきよめという役割が課せられていたことと無関係ではなかろう。勝浦令子氏のいうように、水によって洗い清める行為は女性というジェンダーに託された呪術的な意味を持っていたのである。(7)日本の女房姿で表された女神たちが、僧の衣を洗濯することで彼らを呪的に守護する力を発揮したとされる女性たちと重ね合わされていたことは想像にかたくない。

以上、女神の二面性をめぐって述べてきたが、日本における女神とはどのような存在として考えられてきたかを問う場合、単なる文化人類学の理論の応用にとどまらず、ヴィジュアルなテクストを含めた多角的な視点からの考察が必要であろう。

【注】

(1) 田中貴子「女神考」(『日本の美学』21号、一九九四年六月)参照。
(2) 黒田日出男『姿としぐさの中世史』平凡社、一九八六年。
(3) 田中貴子『外法と愛法の中世』平凡社ライブラリー、二〇〇五年。
(4) 川村邦光「奪衣婆/姥神考」(岡田重精編『日本宗教への視角』東方出版、一九九四年)
(5) (4)に同じ。
(6) 吉田敦彦『日本の女神』青弓社、一九九五年。
(7) 勝浦令子「「洗濯と女」ノート」(『女の信心』平凡社、一九九五年)

渡来する神と土着する神——中世人と神仏の交感する世界

一、霊験記の世界

カミと人とが出会うとき

運慶《うんけい》が護国寺《ごこくじ》の山門で仁王《にわう》を刻んでゐると云ふ評判だから、散歩ながら行つて見ると、自分より先にもう大勢集まつて、しきりに下馬評をやつてゐた。

訪れた護国寺では、運慶が無造作に鑿《のみ》を振い、仁王の像容を掘り出している。その姿を眺めながらしきりに感心している「私」に、若い男が、

「なに、あれは眉や鼻を鑿で作るんぢやない。あの通りの眉や鼻が木の中に埋つてゐるのを、鑿と槌の力で掘り出す迄《まで》だ。丸で土の中から石を掘り出す様なものだから決して間違ふ筈はない。」

と、こともなげにいう。国語の教科書などでおなじみの、夏目漱石の『夢十夜』第六夜である。

小説ではあるが、この部分は、人間が不思議な霊力を有した存在と出会う様子を表した興味深い場面である。仁王像は仏像だから、仏教の範疇に入るべきものだが、ここでは仏教や神道といった枠を超越した超自然物——古代の文献では「モノ」「タマ」などと称されているもの——としてとらえてよいだろう。

人知の届かない霊的存在を、人は神や仏などと呼び習わしているが、外来宗教である仏教の概念に基づく仏は、日本に受け入れられた瞬間から、日本土着の霊的存在と習合する運命にあった。言い方を換えれば、仏は日本の土着信仰の対象と合一することでしか受容され得なかったといえよう。また、この場合の神は国学や近代の国家神道における神とは異なり、仏教の浸透に対抗するかたちで中世に生み出された概念であるが、これとて仏教とシャム双生児のように離れがたい関係にあることはいうまでもない。

先に神道という語を使ったが、中世の半ば、平野・吉田などの神道家が自らの教理体系を打ち立てようとする以前には、神道という概念は存在しなかったのである。このことを念頭におきながらあらかじめ確認しておきたいのは、日本において神と仏は決して分離して扱うことはできないということ、そして、神仏は土着の霊的存在と結びついて信仰される要素が大きいこと、の二点である。すくなくとも中世では、神仏習合こそが日本の宗教といっても過言ではないほどである。土着の霊的存在の変容としてある神仏を、本論では区別しないで便宜上「カミ」と総称することにしよう。

このような考え方に従えば、漱石の『夢十夜』にみる仁王像の製作風景は、カミがその姿を人の前に現す仕組みの一端を垣間見させるものである。「若い男」の言によると、運慶は木の中に隠れている仁王像を掘り出しているに過ぎないのだが、これは木という自然物への信仰が根底にあることを意味していよう。カミはしばしば草木をはじめとする自然物に宿ると考えられた。だが、どの木にもカミが潜んでいるとは限らないだろうし、また、誰でもが霊木を探り当てカミの姿をあらわにできるわけでもない。運慶の選ばれた能力があってこそ、木からカミが出現するという奇跡が起こったのである。

その意味で運慶はカミを祝い祭る者の役割を果たしている。ただ注意すべきは、霊木からカミが出現するとき、仁王像という目に見える既成のかたちをとっている点である。仏師運慶はカミに仏像というかたちを与えたのだ。ここで私たちは、カミが本来人には見えない存在だったことを思い起こすことになろう。


なにごとのおはしますかは知らねどもかたじけなさの涙こぼるゝ

これは、出典不明だが西行《さいぎょう》が伊勢《いせ》内宮《ないくう》で詠んだと伝えられる和歌である。周知のように、神社祭祀には仏教寺院のような本尊はない。しいていえば御正体《みしょうたい》と呼ばれる鏡があるくらいで、ここにカミの影が映るとされたのである。西行仮託の歌は、そうしたカミの実体の希薄さを物語っていよう。

何がこの中にいるかは見たことがないけれど有難さを感じる、という歌いぶりに不謹慎さを感じる人があるかと思うが、具体的な形態をとらないのがカミのあり方で、この歌は、そのことに不審を抱かれないまま伝承されてきたのである。

しかし、カミが人と交渉をもつ場合には、具体的な姿をとって現れることが必要にならざるを得ない。当然のことながら、目に見えるしるしがなければ、人はカミと出会ったことを確信しにくいからだ。そこで、人とカミが出会う回路としてとくにとりあげたいのは、カミの〈身体性〉という問題である。その問題に入る前に、カミが人に存在を知らしめる方法にはどのようなものがあるか、簡単にまとめておきたい。

人とカミとの交渉としてもっとも早い時期から存在したのは、自然現象として現れる方法であろう。すなわち、雷、大雨、旱魃《かんばつ》、河川の氾濫などである。

天子思想に則《のっと》れば、これらはみな天子の不徳の致すところとされるのだが、『古事記』『日本書紀』の説話によくみられるように、日本各地では悪いカミが人の生活に不利な現象を引き起こすとされたのである（もちろん、その逆の生活に有利な場合も当然考えられる）。

自然現象は人に災いと幸いをもたらす絶対的驚異で、カミのしわざと信じられることが多く、雷などは「神鳴《かみな》り」と表記する例があるように、カミとは不可分な現象とされた。神の意思は、こうしたかたちでまず人に伝えられたのである。

しかし、自然現象は「神威《しんい》」や「霊異《りょうい》」として大まかな意思の伝達は可能であるが、カミと人との細やかなコミュニケーションは期待できない。そのためにはカミが人のレベルに降り立って、同じ言葉を手段として意思の伝達をする必要があるだろう。

そこで、交渉の次の段階として夢《む》告《こく》や託宣《たくせん》が用いられるにいたる。人の夢中にカミが現れ、あるいは言葉を伝えるという方法は、夢という非現実世界を特別な通路として用いるものであり、託宣も多くの場合、通夜の夢でカミの声を聞くという格好をとった。また託宣は人の身体《しんたい》を借りて意思の疎通を行う場合もあり、巫女《ふじょ》などのほか一般人にも憑《つ》くことがある。夢告では夢のなかでカミの姿を目にするわけだが、カミはたとえば唐の官人姿の新羅明神《しんらみょうじん》、女神姿の清滝権現《きよたきごんげん》、僧形《そうぎょう》の八幡神《はちまんじん》などのように、次第に特定の姿形を得るようになる。こういった傾向は、姿なきはずのカミに像が作られるようになる動きと関係するだろう。

こうしてみると、カミの姿は人の身体を借りる、あるいは人の身体を似せることでその存在を示す方法をとり始めていると考えられよう。ただ、付言すれば託宣の場合はよりましと同一化するのではなく、あくまで一時的にその体《からだ》を借りるに過ぎない点に注意しておきたい。
体を借りる場合、これよりさらに進んだ段階として、カミが人に憑くのではなく人の姿を装う例が挙げられる。ただの子供が尼の眼前で地蔵に変じる、宝志《ほうし》和尚《わじょう》が顔の皮を剝いで観音の正体を覗かせる（『宇治拾遺物語』一六話・一〇七話）、虚空蔵菩薩《こくぞうぼさつ》が女になって学僧を諭《さと》す（『今昔物語集』巻一七ノ三三）などの説話がそれである。

また珍しい例に、生身の人間がカミにされてしまう説話が存する（『宇治拾遺物語』八九話ほか）。これは、信濃の温泉に観音が入浴にくるという噂が立ち、ちょうどそこに来合わせた男が観音と勘違いされ祭られてしまうというもので、笑い話のような趣があるが、入浴する観音を信じてしまう人々の脳裏には、カミが人の姿をまねぶという認識が根を張っていると思われる。

このように、カミが人の世界に現れるときには、かたちやからだが必要とされることがわかってくるだろう。かたちやからだはカミの入れ物として機能し、人との意思の疎通を可能にする道具でもあるが、それだけではない。先の入浴する観音をみても、カミも人間と同じような固有のからだをもち、からだが喚起する生理的感覚を必然的に有するという考え方が生まれてきていることがわかる。この、カミのからだとそれから生じる感覚の総体を、今仮に〈身体性〉と名づけることにしよう。身体はいうまでもなく、肉体と精神の合一した概念を指している。

さて、カミが借りたのは人の体だけではない。仏像という外来宗教特有の存在もその対象となった。木像ならば『長谷寺縁起絵《はせでらえんぎえ》』のように霊木信仰《れいぼくしんこう》とのつながりから理解できるが、無機物の金属を鋳溶《いと》かして作った金像にはそのような意味もない。しかし、実のところ仏像は仏の姿を模して作られたわけではなく、モデルとなったのはあくまで人間の生身《なまみ》のはずである。経典に説かれた図像の規範に従って作られる仏像ではあるが、やはり根底には人の体の模倣という行為があったのである。

日本にあっては、仏像はカミの入れ物として機能していると考えられる。それは、カミが目に見えるかたちを獲得する一つの手段でもあり、また、確実に身体を保有することでもあった。つまり、仏像という存在は仏教の専売特許ではすでになく、カミが人の体を借りるのと同じ意味あいをもっていたのである。したがって、仏像も〈身体性〉を有すると信じられたとしても不思議はなかろう。たとえば、カミの「受肉」を表す格好の資料としてしばしば引用される『日本霊異記《にほんりょういき》』のいくつかの説話は、カミが仏像をおのれの身体としている様相を描き出している。

カミの〈身体性〉をうかがわせる記事は、霊験説話のなかに実に多く見出せる。霊験という語そのものがカミの霊異のしるしを意味するのだから、カミが可視のかたちで人と接する奇瑞《きずい》がその証となるのはむしろ当然であろう。

ここではカミの〈身体性〉の問題として読み解くことができる例を、だいたい三種に分類してみた。一つは『霊異記』にみられる物音と声がカミ出現の徴証となる場合である。第二は、「おんぶ」や「だっこ」といったカミと人との身体どうしの接触によって聖なる力が実感される場合である。そして最後は、カミが人の身代わりとなり苦を受けてくれる「代受苦《だいじゆく》」である。それぞれについて実例を挙げながら述べていこう。

カミの身体・カミの音声

音声によってカミの存在が知らされる説話は、『霊異記』に全部で七話数えられる。いずれも作りかけの仏像や壊れた仏像などが「痛きかな、痛きかな」とか「ああ、痛く踏むことなかれ」などと叫ぶ声を聞きつけた人が救出に向かうというもので、カミが人の言葉を発することで人とのコミュニケーションがかなう話である。

このうち上巻第三五縁は、平群《へぐり》の山寺の画像が盗まれ、放生のため市を歩いていた尼が偶然に発見するというもので、ほかの説話とすこし趣が異なる。尼は、市で見かけた篋《はこ》が「種々の生ける物の声」を出しているのに気づき、生き物ならば買って放してやろうと思うが、中身は捜していた画像だった。つまり、声が画像発見の契機になったわけだが、ほかの『霊異記』の説話では明確に人の言葉を発していたのに対し、ここでは色々な生き物のざわめきという言語化されていない段階に留まる。はっきりと区別できるわけではないが、おそらくこの上巻第三五縁は未だ〈身体性〉を獲得していない未分化な状態のカミであるといってよい。それが「痛きかな」と叫ぶまではあと一歩の距離でしかないだろう。人の言葉を喋るということは、発声器官を有する人間の体を持つことと同義である。むろん、仏像がその口舌を使って話すわけではないのだが、仏像が人の体の模倣である点を考慮すると、仏像という身体を得たカミは自在に人の言葉を操ることが可能だという論理になる。いうなれば「種々の生ける物の声」から人の言葉を操る存在へと、カミは身体の進化を遂げたと考えられるのだ。

〈身体性〉の獲得は、声だけではなく、身体そのものによる相互の接触を行う段階へ進んでいく。通常は親が子供を保護しながら運ぶしぐさである「おんぶ」と「だっこ」が、カミと人との間に行われるのがそのもっともわかりやすい例である。おんぶやだっこは肉親だけでなく愛情を表すしぐさとして一般的に行われるが、その根幹をなす感情はすこぶる人間的なものであろう。

このことについては、近年黒田日出男（『姿としぐさの中世史』など）や保立道久《ほたてみちひさ》（『中世の愛と従属』など）により研究が進んでいる。何気ない日常のしぐさのなかには、きわめて象徴的な意味が含まれていることがある。たとえば、おんぶは常に子供が対象になるわけではなく、弱者ととらえられていた女性が成人男性におんぶされる図が絵巻物にはみられるし、偽経《ぎきよう》である『十王経《じゆうおうきよう》』には、女性が死後三途《さんず》の川を渡る際には、はじめて男女の語らいをした相手が背負って渡してくれると伝える。

女や子供はともかく、保立道久は、人が往生するときに仏におんぶされて西方へ迎え取られる記事が往生伝にみえることを指摘している。いうなればおんぶは、仏による人へのいたわりのしるしであったと解されよう。実際におんぶをしたりされたりすれば実感できることだが、おんぶは身体を通じてお互いの全存在を相手に託すことでもある。おんぶの間、両者の生理や官能は一致をみるといってもよい。だっこも当然同様であるが、抱かれた者の頭が母親の象徴である乳房に押しつけられる格好をとることから、こちらはさらに母性的な意味あいが強くなると思われる。

カミが人をおんぶする例は、東京国立博物館蔵『地蔵菩薩霊験記絵』冒頭話が著名なものの一つであるが、ほかに注目したいのは『善光寺縁起《ぜんこうじえんぎ》』巻三の記事である。信濃の善光寺は本田善光《ほんだよしみつ》と息子の善佐が本尊を祭ったのが始まりだが、彼らが難波《なにわ》堀江《ほりえ》で釈迦如来像を見つけたとき、像は善光の肩に飛び乗って離れなかったという。善光は如来像を背負って故郷へ向かうが、如来は「昼は彼の後背に付き、夜は善光を加護」したのである。

この部分を、応永《おうえい》年間（一三九四〜一四二八）のカナ書き古写本《こしゃほん》が残る『善光寺如来本懐《ほんかい》』にみると、「昼間は善光が如来をおぶり、夜は夜どうし如来におんぶされ」たとある。人の活動時間である昼は善光が、人が休息する非日常的時間である夜は如来が相手をおんぶして目的地へ向かうのである。人とカミとがおんぶし合うというこの物語は、〈身体性〉

の共有を紐帯《ちゅうたい》として、善光寺の聖なる縁起を語る役目を帯びることになる。
また、だっこの方であるが、『夢記《ゆめのき》』という夢の記録を残したことで知られる鎌倉中期の明恵《みょうえ》の『明恵上人行状記《みょうえしょうにんぎょうじょうき》』に、次のような夢が書き留められている。

またある夢で、一つの荒れた家があり、その下には数え切れないくらいの蛇や悪しき虫のたぐいがうごめいていた。まるでこの有様は法華経の譬喩品《ひゆぼん》が説いている光景のようである。私（明恵）は、仏眼如来（私が心の内で母だと思っている）にだっこされて門を出、その恐怖を逃れた、という夢であった。（中略）またある夢では、仏眼如来の懐にいだかれて養育された、という体験をした。

河合隼雄《かわいはやお》が指摘しているように(1)、これは十九歳頃の明恵が抱いた母親のイメージが仏眼如来に投影されている夢である。如来には性別などないはずだが、明恵はこの仏を熱心に信仰しており、画像に「無耳法師《むじほうし》の母御前《ははごぜん》なり」と書き込んでさえいる。明恵が無意識に感じていた如来の母性が、もう子供でもない彼をだっこするという行為に象徴される興味深い夢といえよう。
ついでながら、明恵の周辺にはこうした母性的イメージをともなうカミがしばしば見受けられる。彼が天竺《てんじく》に渡る安全祈願のため春日明神《かすがみょうじん》に参籠《さんろう》したところ、明神から引き止め

(上)『地蔵菩薩霊験記絵』第一段(部分)(東京国立博物館蔵)。(下)『春日権現験記絵』第17巻第3段(部分)(宮内庁三の丸尚蔵館蔵)

られたという話が『春日権現験記《げんき》』などに描かれるが、『沙石集《しゃせきしゅう》』巻一―五話では、春日明神は明恵にこのような託宣をしている。

明恵房と解脱房《げだつぼう》を、私の子供である太郎・次郎と思っている

解脱房は貞慶《じょうけい》のことを指すが、明神はこの優秀な二人の仏弟子《ぶつでし》をわが子のように慈《いつく》しんだという。そして、明恵の守護を誓った明神は彼の手を舐《な》め、その手は一時の間、香ばしい香りを放ったのである。

春日明神が女性に憑き、彼女の体から芳香が放たれ病人を癒した、という挿話が『春日権現験記』に絵画化されているが、この場合はカミの聖なる力が人の味覚や嗅覚を通じて感得されたといえる。明恵の場合は、カミの誓いが人の手を舐めるという、考えようによってはエロティックな行為で表されているのである。動物の母親が子供を舐めることは非常に重要な役割を果たしているが、鋭敏な感覚器官である舌は、それ故に〈身体性〉に富んでいると考えられよう。

次に、カミが人の身代わりになって苦を受けてくれる代受苦についてふれておこう。カミが人の苦しみを救うという信仰は珍しいものではなく、『法華経《ほけきょう》』の普門品《ふもんぼん》に、あらゆる場面における観音の救済が挙げられているように、いわゆる庶民信仰においてはこれが

もっとも強調された効験であった。しかし、代受苦は人の苦を抜くだけではない。カミ自身が人の代わりに甘んじて苦を受けるのである。これはカミが人と同じ次元に降り立ち、しかも人と同じように身体を有することなくしてはできない行為であると思われる。人の代わりになるということは、人に与えられる苦を身体感覚のレベルで実感することであるからだ。

霊験説話として語られる身代わり譚は、とくに地蔵菩薩や阿弥陀如来に多く見られるが、これらにはしばしば身体のモチーフが立ち現れている。鎌倉にある頬焼《ほほやき》阿弥陀如来の縁起ともなる、『沙石集』巻二「阿弥陀利生事《あみだのりしょうのこと》」を例にとろう。

鎌倉の裕福な邸に仕える少女は、常に阿弥陀を信仰し名号《みょうごう》を唱える毎日だった。正月のある日、つい「南無阿弥陀仏」とつぶやいたのを主人が聞きとがめ、正月から縁起が悪いと折檻《せっかん》しようとする。だが、熱く熱した銭を彼女の頬に押し当てたものの、一向に手ごたえがなく、少女の肌は美しいままである。その後何気なく持仏堂に入った主人は、阿弥陀如来像の頬が黒く焼け爛《ただ》れているのに気づく。仏師を呼んで修復させたが、いくら金を貼り重ねても傷は隠れることはなかったという。

身体のモチーフと、カミの入れ物としての仏像が両方登場する話となっているが、ここでは、阿弥陀は少女に銭が押しつけられる瞬間だけ彼女の身体と一体化したと考えられる。それは一瞬生身《しょうじん》になることでもあるので、阿弥陀の顔にはまるで人の傷と同じ消えない代受苦の跡が残される結果となったのである。たんに少女の苦しみを肩代わりするだけなら、超越的存在であるはずのカミがこのような傷痕を残す必要はない。わが身を焼くという究極の〈身体性〉を共有することで、カミも苦しみを受けたわけである。

こうした説話は有名な説経浄瑠璃の「山荘太夫《さんしょうだゆう》」にもみられ、寺社の縁起の定石として扱われることが多いが、弱者を高みから見下ろして救済するというのではなく、彼らと同じ平面にあって苦を味わうカミの姿は、〈身体性〉の獲得なしにはありえないだろう。さらに付け加えれば、「苦しむ神」と呼ばれる本地物《ほんじもの》のあり方とも接近した位置にあると考えられる。

以上、日本のカミが〈身体性〉を有することによって人と交渉を深めていった様相を眺めてきた。〈身体性〉を持つということは、必然的に、人が経験するあらゆる場面においてカミも同様の反応を示すという考え方につながっていくが、とくに〈身体性〉と関わるのは、身体が生み出す愛情や性愛、血族といった問題であろう。『梁塵秘抄《りょうじんひしょう》』の今様《いまよう》には、仏も昔は人なりき、と歌われるが、カミも血族があり恋もするのである。中世の本地物や寺社縁起の世界では、実に人間臭い関係がカミの間にも展開されている。そこで次に、カミどうしの関係の変貌を追うことにしよう。

二、神仏のコスモロジー

人間的な愛憎と〈擬制の血族〉

道のべの塵に光をやはらげて神も仏の名のりなりけり　崇徳院《すとくいん》（久安百首《きゅうあんひゃくしゅ》「神祇《じんぎ》」二首）

本地《ほんじ》垂迹説《すいじゃくせつ》は神仏習合の基盤となる考え方である。「本地」とは「本来のあり方」を意味する語で、異教のカミである仏が日本のカミと習合関係を結ぶために案出された。つまり、仏はそのままの姿（本地）で人の前に現れることができないから、仮に神の格好をとって出現する（垂迹）というものである。

きらきらしい荘厳《しょうごん》を凝らした異国のカミが、自らの光を和らげて人の生きる俗塵の巷《ちまた》に溶け込むことを称して「和光同塵《わこうどうじん》」という。中世に多く描かれた神道曼荼羅《しんとうまんだら》には、祭神と社殿風景のほか、カミそれぞれとペアになる「本地仏」が描き込まれているのに気づくだろう。また、本地垂迹説の反措定として、神が本地で仏が垂迹であるという反本地垂迹説も生み出されていった。

冒頭に掲げた神祇歌《じんぎか》はかならずしも反本地垂迹思想の産物というわけではないが、仏ではなく神の方が和光同塵するさまを詠《よ》んだものである。このように中世の人々の信仰にあっては、神仏は現代のわれわれが考えるほど隔たった存在として意識されていなかった。「垂迹」と一対で用いられるはずの「本地」という言葉は、厳密な意味よりさらに幅広い用法を持つにいたる。「□□の本地」などという題名を冠せられた「本地物」という室町時代物語のジャンルが、中世の半ば頃から頻出するのである。本地物は「熊野の本地」などのように、特定の寺社の縁起譚として語られることが多いが、「釈迦の本地」「弘法大師の本地」など、従来の本地とは意味が異なる場合もある。これは、釈迦の前世の物語である本生譚《ほんじようたん》(ジャータカ)とよく似た構造をもっており、本地は前世と同じ意味あいになっているのである。

カミや祖師が今こうしてあるのは前世の因縁《いんねん》によるというもので、カミの場合に限っていえば、ほとんどの場合その前世は人間と考えられた。それも、人間として生きた間に宿命的な艱難《かんなん》を甘んじて受けたがゆえに、次の世ではカミに身を転ずることになったというのである。これを和辻哲郎が「苦しむ神」(2)と評したことはよく知られている。

だが、和辻のいうカミの苦とは、どんな人の日常生活のなかでも容易に起こりうるような実に人間的苦悩なのである。カミも昔はひもじさに耐え、恩愛の情に泣く凡愚の輩だった――これはまさに、カミが〈身体性〉を有すると考えられたなかから生み出された物語といえよう。カミをカミたらしめる必要条件が人間的苦悩である場合、カミが人の〈身体性〉を共有することとは反対に、人がカミの労苦をわがことに置き換えて実感することができることを意味する。つまり、カミの本地の物語を耳にする人は、彼らの味わう苦悩をわが身に起こった出来事のようにとらえることができるのである。

とくにその傾向が顕著に感じ取られるのが、女性のカミが主軸となって展開する本地物であろう。親や子供などの血族、夫、そして恋人など、女性が主人公となる物語が舞台とするのは、たいていの場合こうした人間関係の織り成す私的な小宇宙であって、国家間の戦争や政権争いによって引き起こされる公的な労苦ではない。女性はそのなかで激しい嫉妬に見舞われたり、愛する者との別離に打ちひしがれたりする苦悩を経てカミと現れる。「熊野の本地」と部分的に酷似した設定をとることで知られる「厳島《いつくしま》の本地」は、厳島神社の縁起を語る本地物である。この物語を取り上げて例を示そう。

天竺西城国《てんじくさいじょうこく》の王女・足引宮《あしひきのみや》は、東城国《とうじょうこく》の王子と結婚するものの、讒言《ざんげん》のため宮廷を追われ山中で斬首されるが、死後生まれた子供や王子の活躍により復活を果たし、親子三人で天竺を脱出する。しかし、旅の途中で夫が足引宮の妹に心変わりしたため、彼女は夫と子供を捨てて単身日本の安芸《あき》国へたどり着き、当国に流罪されていた佐伯鞍職《さえきのくらもと》に救出され、厳島神と祭られた。夫や子供もその後渡来して、それぞれ厳島の摂社の神として祭られた。

山中出産と首のない母親による養育のモチーフは「熊野の本地」と類似するが、首を切られた後の母体が乳を流し続けて子供を養育するという自己犠牲的な「熊野」とは異なり、「厳島」は殺されてもなお蘇り主祭神となる足引宮のたくましさが印象的だ。

両者とも、生前に讒言で陥れられたことや死後の養育が苦の内実をなすわけだが、「厳島」の場合はさらに渡来の途中で夫の心変わりに遭うという苦しみが待ち受けていた。足引宮は嫉妬と絶望から家族を捨てて単身日本へ向かい、厳島の神と祝われることになる。当然「熊野」との影響関係も考慮しなければならないが、嫉妬の要素が「厳島」に加わっている点は特徴的といえよう。なぜなら、嫉妬という人間的な、しかも女性の悪業とされてきた感情があってこそ、足引宮は人の身からカミへと変身することができたからである。これは、厳島神の祟りカミ的な要素と関係するのかも知れない。

この、嫉妬が苦悩の一つを占めているのは、有馬温泉の縁起である『温泉山住僧薬能記《おんせんざんじゅうそうやくのうき》』（『図書寮叢刊《ずしょりょうそうかん》・諸寺縁起集』所収）でも同様である（ほかに『山家要略記《さんげようりゃくき》』にもみえる）。これは妻のカミが夫のカミに嫉妬するというものだ。

温泉明神は女体のカミで、三輪明神を夫に持っていた。ところが、近くの鹿舌《かした》明神という女神を三輪が「妾」にしたので、怒った温泉明神は社を出て流浪する。そして途中で行基に出会い、温泉山に住むことを勧められる。三輪は驚いて妻を捜すが、彼女は「もとは夫婦なりといゑども、今はかたきなり」といい夫を許さなかった。

近世の有馬温泉には「うわなり湯」と呼ばれる間歇泉《かんけつせん》があったといい、この温泉明神の鎮座伝承との関わりが感じられる。

湯のたぎるさまが激しい怒りのアナロジーとなるのだろうが、女神の嫉妬は苦悩でもあり、同時に強力なカミの験力の本体となったように思われる。ちなみに、激しい怒りによってカミになった男性は菅原道真が代表だろうが、こうした御霊神《ごりょうしん》にはなぜか女性のカミは見当たらない。

さて、嫉妬以外に男女や肉親間の感情的苦悩がカミ化現の契機となる例はほかにも数多い。たとえば「諏訪《すわ》の本地」や『神道集《しんとうしゅう》』の「諏訪縁起の事」に描かれた諏訪上下社《かみしもしゃ》の縁起譚もその一つであろう。これらは甲賀三郎《こうがさぶろう》が行方不明になった妻の春日姫《かすがひめ》を求めて地底を遍歴するという粗筋《あらすじ》である。三郎が恩愛の情に引かれて一心に妻を捜す過程は、「恋しき人にはあはざりき」という素朴なリフレインに表現し尽くされている。(3)

この恋しい思いが三郎の苦を引き起こした原因でもあり、またそれによって彼は再会した妻とともにカミと現れたのである（ただしカミとなってからの二人には、厳島明神や温泉明神のような夫婦の危機が訪れるのだが)。

こうしてみると、カミが今ここにあることの所以《ゆえん》を説くテクストには、かならずといってよいほど何らかの人間的な愛憎劇が重要な位置を占めている。

ところで、今までの例で気づくのは、人の身であったころの関係がカミとなってからも持ち越されるということである。「厳島」は親子の関係が、「諏訪」は夫婦の関係が存続しているのだ。もちろん、『記紀』神話のようにもともと夫婦神がカミの基本単位である場合も考えられるのだが、神話的なレベルと中世の本地物における人間関係とは、基本的に異なる性質のものとして把握した方がよいのではないだろうか。

古代の神話では、親子や夫婦の関係は実際の人間の血族関係を忠実に模写している。その関係が指し示すのは、どのカミからどのカミが生じたか、というカミの縦の系譜なのだ。ところが、本地物ではカミの出自を語ることにはさほど重点がおかれていない。大切なのは、どのカミとどのカミとがどのような関係によって結ばれているかという横の関係そのものである。それはおそらく、本地物の享受者に複雑に習合したカミたちの重層的関係をパースペクティブに理解させることが第一目的とされたからだと思われる。

厳島明神を例にとると、「厳島の本地」ではこのカミの習合関係が次のような三段階で表されている。

〈大過去／天竺〉足引宮―〈過去／日本安芸国〉厳島明神―〈現在〉弁才天

本地物にはかならず、参詣者や信仰者がそのカミにまつわる物語を聞き、また読むという享受形態の問題が付随している。したがって、物語は常に、現在の寺社の様子を視野の一角に収めたうえで過去を語るという、複数の時間にまたがった構造をとることになる。しかも、その寺社のある場所がカミの本地譚の舞台となる場合はほとんどないので、必然的に、複数の場所を遍歴したうえで今の場所にやってくるという、空間的にも重層性を備えた構造になろう。

カミにとっての前世／現世／未来世は、そのまま享受者の大過去／過去／現在に相当する。そして、その時空的重層性に重なり合うように、人／神／仏という別の関係がかぶせられるのである。

こうした時空を超える物語をつなぎ、それぞれの位相に分散するカミたちを関係づけて一つの本地物の体系を作りあげるものが、「血縁」だといえよう。一個のテクストを包み込む関係の網目として機能するのが、こうした〈擬制の血族〉ともいうべき〈絆〉なのである。

増殖するカミの系譜

〈擬制の血族〉の関係は、位相の異なるものを結び合わせる力を持っている。カミは外来と土着、あるいは権《ごん》と実《じつ》などの対立関係でもとらえられるが、〈擬制の血族〉はこうしたものを過剰な摩擦なしに取り込む手段として働くのである。

その顕著な例は、外来のカミが土着のカミにとって代わった伝承にみることができる。土着神が外来神の侵略を受けたとき、しばしば悪神の汚名を着せられることがあるが、外来神が力で土着神をねじふせるという筋書のほか、外来神が悪神を教化するという描かれ方の場合もある。

このことを、十四世紀に成立した天台系の仏書である『渓嵐拾葉集《けいらんしゅうようしゅう》』巻三七に引かれた「江ノ島縁起」によって確かめてみよう（大正新修大蔵経《たいしょうしんしゅうだいぞうきょう》七六巻所収）。ただしこの話は『江ノ島縁起』という独立したテクストとしても流布している。

相州《そうしゅう》江ノ島に十六人の子供を持つ長者がいた。その地には五頭竜《ごずりゅう》が住む深い池があり、長者の子を毎年生贄《いけにえ》に取っていた。長者夫婦の悲しみを知った弁才天が天女の形となって影向《ようごう》すると、竜は天女に思いを懸ける。天女は、生贄を食らうことを止め万民を守護すれば竜の思いを叶えると約束する。そして天女は土を運んで一夜のうちに島を作った。これが江ノ島であるという。

江ノ島（本文ではまだ「島」ではないが）の土着神である五頭竜が荒ぶるカミで、天女の魅力で彼を改心させたのが外来神である弁才天、という土着と外来の葛藤が如実に描き出されている。周知の通り江ノ島は厳島、竹生島《ちくぶしま》と並ぶ弁才天の聖地だが、弁才天が五頭竜にとって代わったのである。五頭竜は後に竜口《たつのくち》の明神として現れ、江ノ島を対岸から守ることになる。

天女の姿は五頭竜の改心を誘うための方便にすぎないが、その後の様子が記されていないものの、一夜で島を作る場面が『記紀』神話の「国生み」の挿話を思い起こさせる点を考えれば、五頭竜と天女は夫婦神となりともに江ノ島の守護を果たしたと理解されよう。つまり、土着神と外来神とは婚姻関係を結ぶことにより、新たな一対のカミに変ずることができるのである。力まかせの制圧とは異なる一種の土着神懐柔策であるが、本来敵対関係にあるものどうしが一瞬にして結び合わされる婚姻——というより性愛というべきか——の力は、時空を結ぶ〈擬制の血族〉と同じ性質を有しているといえよう。

また、カミには権者《ごんじゃ》と実者《じっしゃ》の違いがある。「権者」とは、本地である仏が仮に神の姿をとっているもので、「実者」は本来からの神をいう。『神道集』巻一ノ一には、カミには

「三熱の苦」というものがあるが、これは実者のみにあり、垂迹身である権者は受けることはない、と説かれている。

邪悪な性根をもつ竜蛇神の類いは実者とされることが多く、こうした苦からの救済を求めて成仏を願うともいわれた。「江ノ島縁起」の場合では、五頭竜が弁天の化導を受けて善神に転じたという解釈になる。土着と外来と同じように、権と実の対立も性愛という「方便」によって解消されてしまうのである。

ところで、江ノ島の弁才天は五頭竜という「夫」をもつことになるが、長者の十六人の子供が弁天の眷属《けんぞく》である十五童子と関係づけられているのは明白である。弁天の子供が眷属となる説話は『曾我物語』や『七人童子絵詞《しちにんどうじえことば》』にもみられる。

江ノ島では、もと土着神であった夫と、もと人間の子供、そして仏の垂迹身である妻というレベルの異なった三者が家族となり、新しい縁起世界を構築していると考えられるのだ。これは近代の論理では考えられない奇妙なことにみえるが、神仏習合は理論や思想といった整合性の高い枠組でとらえられるものではなく、菌類が自在に菌糸をのばすような、いわばリゾーム型のシステムだと考えるべきではなかろうか。

中世においては、江ノ島の弁才天は家族のほかにも大勢の遠戚をもつとされた。日本三弁天として有名な厳島や竹生島の弁天が彼女の姉妹だという伝えが、文献のなかに散見されるのである。これは、弁天と習合した『記紀』の宗像三女神《むなかたさんじょしん》（タキツヒメ・タギリヒメ・

イチキシマヒメの姉妹）の影響であるが、ここにはさらに『法華経』巻第五に説かれた竜《りゅう》女成仏《にょじょうぶつ》で有名な海竜王《かいりゅうおう》の娘、八歳の竜女や、『海竜王経』の竜女姉妹がからみ、『園城寺伝《おんじょうじでん》記《き》』のように新羅明神《しんらみょうじん》という「弟」の存在を記す文献まで現れる。すなわち、異国や異界の水に関連したカミを包括した習合のネットワークが出現するのである。そして、その個々の関係をなしているのが兄弟姉妹、夫婦、親子などという〈擬制の血族〉の関係だといえる。

こうした〈擬制の血族〉は、阿弥陀や釈迦といった如来を巻き込むことはあまりなく、その眷属である天部《てんぶ》に多く見受けられる現象である。本来インドの異教のカミが仏教に取り入れられた存在である天部や、如来や菩薩と違い異形の形相を顕す明王などは、カミにより近い性格を持つものであったからである。そこで、次は仏教の周縁部分にあって守護をつかさどる役割を持つカミたちについて述べることにしたい。

三、守護神と眷属神

仏教を守護する〈和合の力〉

持仏堂を建てたはよいものの肝心の本尊がないので、仏師に依頼しようと都に上った田舎者がいた。それを狙ったスッパ（詐欺師）は仏師をかたって近づき、まんまと信じさせる。さて、どんなご本尊を作るか談合を始めた両人であるが、仁王はいやだ、天《あま》の邪鬼《じゃく》はいやだという田舎者に、スッパは吉祥天を勧めることにあいなった。

「べつだんむずかしい注文はないのですが、私が思いますには、人の現世と後生をお守りになる、やさしくて穏和な仏さまを作ってもらいたいのです」

「うん、それならば、毘沙門天《びしゃもんてん》の妹に吉祥天女《きちじょうてんにょ》といって、現世と後生をお守り下さるやさしい仏さまがあるぞ。それを造ってさしあげよう」

……というわけで、スッパは吉祥天像を五条因幡堂《ごじょういなばどう》の「後堂《うしろど》」で引き渡すことになるが、この「ご本尊」、実はスッパが化けたもので、まさしく生身《しょうじん》のほとけさまだったというおちがつくのが、狂言「仏師《ぶっし》」である（岩波文庫『能狂言』下、近世成立の大蔵虎寛本《おおくらとらひろほん》による）。

狂言は演じられる時代の空気に敏感に反応するため、これが室町時代の「庶民」の姿そのままとはいえないだろう。しかし、本尊を作る際の候補として吉祥天が挙げられるのは、中世の雰囲気を十分伝えているといってよい。

経済活動の発展にともない、富貴をもたらす福神への信仰は室町時代の庶民信仰として広く流布していったが、別名功徳天《くどくてん》と呼ばれる吉祥天は特に富と幸福を象徴する女神としてもてはやされた。現在七福神といわれるカミたちは、致福利生《ちふくりしょう》をつかさどるとされるインド、中国、日本のさまざまな位相のカミが集められた、究極の習合のかたちでもあるが、古くは吉祥天もこの一員であったのだ。

吉祥天そのものは『涅槃経《ねはんぎょう》』や『金光明最勝王経《こんこうみょうさいしょうおうきょう》』などの経典にみえるインド出身のカミだが、奈良時代から日本ではすでに信仰の対象となっていた。各地の国分寺では吉祥天を本尊とする吉祥悔過《きっしょうけか》が行われていたし、それを背景として『日本霊異記《にほんりょういき》』中巻第一三縁のような説話が生み出されたのであろう。これは、寺僧が夢で吉祥天と交わるという有名な話である。このほか、『霊異記』には吉祥天が貧しい女に食物や銭を与えたなどという利生譚が語られており、この天女が古くから福神的な要素を強調されていたことが明らかである。

このように人々の信仰を集めた「柔和《にうわ》忍辱《にんにく》」なほとけである吉祥天は、もともと仏教守護の役目を果たす異国のカミだった。□□天という名をもつ「天部」は正確にいうとほとけではなく、釈迦の教えに従って仏教に帰依したインドの異教のカミであり、古い時代には単独で本尊となるようなことはめったにない。本尊の脇にあって、仏教を犯す輩を戒め、修行者や篤信の者を保護することをもっぱらとしたのである。外来のカミでありながら、この吉祥天は土着のカミや『記紀』神話のカミと〈擬制の血族〉をなし、日本の宗教世界にしっかりと定着している。そこで、吉祥天をめぐるカミたちを中心に、仏教の守護者の位置にあるカミの様相を眺めることにしたい。

まず、吉祥天の「家族」を挙げてみよう。もっとも早い段階に現れるのが、妹の存在である。鎌倉時代に無住《むじゅう》が編んだ『沙石集《しゃせきしゅう》』巻七などには、貧苦と災厄をもたらす妹の黒闇天《こくあんてん》が常に彼女に追随していると記されるが、これは『涅槃経』にすでにある記事である。自ら貧苦を味わったらしい無住はことにこの説話に関心が深く随所に引用しているし、また、鎌倉時代にはよく知られたものだったろう。ほかには、『三宝絵《さんぼうえ》』などでよく知られているが、毘沙門天が兄または夫で子供が一人あるという記事がみえる。

京都の鞍馬寺《くらまでら》や信貴山《しぎさん》は毘沙門天の霊場だが、吉祥天も一緒に祭られている。また、吉祥天は弁才天とも関係が深いと考えられる。実に係累《けいるい》の多いカミであるが、とくに毘沙門天との関係は、その和合の力が仏教守護の威力の本体をなしているという点で重要であろう。

彼らのもたらす福分は多くの場合きわめて現実的・具体的な福、つまり、金品や食物の授与というかたちで示されるが、その利生のあり方には、先ほどから述べている〈身体性〉とのつながりが感じられる部分がある。『霊異記』の吉祥天説話も、性愛を通じて僧を化度《けど》するというものだった。

毘沙門天には伝教大師《でんぎょうだいし》伝来に仮託された秘法が文献に残されている(4)。二体の毘沙門が背中合わせに立つ双身毘沙門《そうじんびしゃもん》という珍しい像を本尊にしてこの法を行えば、願いが意のままにかなうという強力なものである。『渓嵐拾葉集《けいらんしゅうようしゅう》』巻三八には、毘沙門天と吉祥天が背中合わせに立つという別の双身法の存在が示唆されているが、この図像は、夫婦のカミがその身体を合一させることで生まれる聖なる力を暗示するものであろう。その点では、象頭人身のカミが向かい合わせに抱き合う聖天《しょうでん》の双身法と類似している。吉祥天と毘沙門天の〈身体性〉は、そのまま彼らのもたらす利生の質を反映しているとみられる。

前節にも引いた明恵の、鎌倉末期以前に成立した伝記である『栂尾明恵上人伝《とがのおみょうえしょうにんでん》』には、次のような護法の話がみえる。

ある極寒の冬の明け方、座禅をしていた明恵は体が冷え切ったので休息しようとした。そのとき、持仏堂から「吉祥天弁才天」のような装束の護法がやってきて暖めてくれた。その後も護法は常に明恵のそばを離れなかった。

護法とはその名の通り仏法守護のカミで、童子や女神の形をとることが多い。明恵の場合は美麗な天女姿の護法が冷えた体を暖めたというから、考えようによってはエロティックである。ここには、ことさら「吉祥天弁才天」のような姿が強調されているが、天女の形は持経者《じきょうじゃ》の寒さを癒し、しっかりと包み込む母性的なイメージから発想されたものだろう。生涯不犯《ふぼん》で知られる明恵であるが、秘められたエロスの力が天女形の護法の力と共鳴して常人を超える存在となったのかも知れない。

『信貴山縁起絵巻《しぎさんえんぎえまき》』の世界が、主人公の命蓮《みょうれん》と姉の尼公《あまぎみ》を毘沙門天と吉祥天になぞらえて展開されることは、小林太市郎、阿部泰郎の指摘する通りであり(5)、夫婦のカミの生み出す〈身体性〉がカミの利益と根本的なつながりを持つことがうかがえる。その意味では、吉祥天だけではなく夫である毘沙門天にも奇妙な功徳説話が語られている。これは、典拠不明の『今昔物語集』巻一七ノ四四話で、なかなか複雑な味わいをもった説話である。

比叡山のある僧が貧しい身のため山にいられなくなり、雲林院《うりんいん》に住むことになったが、鞍馬寺への参詣は欠かさなかった。鞍馬から帰る夕暮れ、僧は大路を放浪する美しい稚児《ちご》に出会い、房に連れ帰る。ところがその稚児は実は女で、僧は極力近づかぬようにするが、やがて一線を越えてしまう。程なく稚児は懐妊し、子を産んで姿を消した。その「子」は何と黄金の固まりで、僧はそのお陰で裕福に過ごしたという。これも鞍馬の毘沙門天の霊験だと語り伝えていることだ。

次の第四五話に『霊異記』中巻第一三縁の吉祥天説話に基づく説話を配してあるので、四四・四五話はともに毘沙門天と吉祥天の性愛にまつわる功徳譚として意識的に並べられていることがわかる。ただし一見すると、この説話は功徳説話として不審な部分が少なくない。

鞍馬の毘沙門天の利生を貧乏な僧にもたらすために、なぜ稚児を装った女が介在しなければならないのか。また、僧にわざわざ女犯の罪を犯させるのはなぜか、などである。つまり、霊験がストレートな形で現れないのだが、考えられる理由は、これが鞍馬の毘沙門天単独のしわざとみえて、実は毘沙門天と吉祥天夫婦の霊験であるということだ。僧は稚児に化けた女と契ることによりはじめて、夫婦神の和合の力に感応することができたと考えられる。内実は吉祥天と夢で交わった国分寺の僧と同じなのである。

人間とカミの中間にある〝異形の童子〟

さて、夫婦から少し話を変えて、今度は子供の形をとるカミに視線を移してみよう。『霊異記』上巻第一話に雷神が子供の姿で地上に落下する記述があるように、童子はカミが出現する姿のもっともポピュラーなものである。それは、子供が女性や老人とともに身分的な〈境界〉に位置する存在であるからだとされているが、仏教守護神である護法も子供の形で現れることが多い。

たとえば、『信貴山縁起絵巻』「延喜《えんぎ》加持《かじ》巻」の剣《つるぎ》の護法などがその代表である。護法の役目は、持経者に食物や薪などの生活必需品を調達するという現実的なものが多い。『渓嵐拾葉集』巻八七「護法事《ごほうのこと》」には、高僧に仕えた護法の数々が集められており、その大半が童子形である。とくに有名なのが、書写山《しょしゃざん》の性空《しょうくう》の乙護《おとご》法《ほう》であろう。

南天竺《なんてんじく》の徳善大王《とくぜんだいおう》には十四人の王子があったが、十五番目の子供は生まれて七日後に行方不明となってしまった。愛しい子を失った王は竜樹菩薩《りゅうじゅぼさつ》の天眼を以て捜してもらったところ、日本の九州にある背振山《せぶりやま》にいることが判明した。喜んだ大王は残りの十四人の子を率き連れて背振山に向かい、そこのカミとなる。これが背振権現《せぶりごんげん》である弁才天の由来である。子供たちは弁才天の十五童子となって護法の役目を果たすが、十五番目の王子は末っ子なので「乙護法」と呼ばれ、性空上人や谷《たに》の阿闍梨《あじゃり》皇慶《こうけい》にも仕えた。

「乙」とは小さいことを表す接頭語なので、数ある護法のなかでも一足先に日本に渡った末っ子王子をこう呼ぶのである。彼は護法たるべくして生まれた子供だったのだろう。護法の由来がこのように子供のカミとして語られるのは、カミの体系が血縁関係を基盤においてとらえられていることを意味しよう。眷属神は、子供が親に仕えるようにこまめに雑用をこなす、カミと人との媒介者でもあった。この乙護法は若護《わかご》法《ほう》と一対で登場したり、不動明王の眷属である制多伽《せいたか》童子《どうじ》に姿を変えることもある。

仏教守護神が護法なら、陰陽道《おんみょうどう》には同じような存在として式神《しきがみ》がある。式神は陰陽師が手先に用いるもので、やはり童子の姿で描かれる場合が多い。有名なのは『大鏡《おおかがみ》』に記される安倍晴明《あべのせいめい》が使ったという式神で、普通の人の目には見えなかったという。式神が童子形なのは、陰陽師に絶対服従する下位の者という性質であることが影響しており、護法にもそういった面は存するように思われる。

この下位者的な性質は、式神や護法の容貌が往々にして異形である点に集約して現れる。たとえば『源平盛衰記《げんぺいじょうすいき》』巻一〇「中宮御産事《ちゅうぐうごさんのこと》」には、一条戻橋《いちじょうもどりばし》で中宮徳子《とくこ》の母・二位《にい》の尼《あま》が橋占をすると、十二人の「十四五許《ばかり》の禿《かぶろ》なる童子」が走りながら占いの答えを歌う場面がみえるが、これが晴明の式神なのである。式神の正体は十二神将らしく、同じ箇所には晴明の妻が式神の顔を恐れるので普段は戻橋の下に封じ込めておき、用がある度に召したという記事が加えられている。

この説話は、後に河原者《かわらもの》や河童の起源説話に読み替えられていく興味深いものであるが、童子とはいえ、これらには愛らしい子供のイメージはない。童子形には、人間とカミとの中間にあるゆえに未完成、未成熟な存在という面が潜んでいるのかもしれない。そういえば、亡き澁澤龍彦の小説「護法」（『うつろ舟』所収）には、人と酒を酌み交わし、女性と交わり、しかも正体は竜であるという護法が登場していたが、澁澤の想像力は実に童子のカミの本質を衝いているようである。

以上、カミと人との交わりのありようについて、説話や霊験記を題材として述べてきた。カミとカミ、そしてカミと人との関係は多様かつ複雑であるが、それゆえに、ある一定の思想によっては整理しきれない魅力的なざわめきが聞こえてくるのだといえよう。

【注】

（1）河合隼雄『明恵　夢を生きる』（京都松柏社、一九八七年）

（2）「埋もれた日本」『和辻哲郎全集』第三巻（岩波書店、一九六一年）

（3）川村二郎『語り物の宇宙』（講談社、一九八一年）

（4）吉祥天と弁才天の関係ならびに毘沙門天双身法については、田中貴子『外法と愛法の中世』（平凡社ライブラリー、二〇〇五年）に詳しく述べた。

（5）小林太市郎「信貴山縁起の分析」『小林太市郎著作集』第一巻（淡交社、一九七三年）、阿部泰郎「山に行う聖と女人」『大系　日本歴史と芸能』第三巻（平凡社、一九九一年）

第四章　中世の女と物語文学

中世王権と女性文学の盛衰

十四世紀の社会変動と女房たち

院政期から南北朝時代にかけて、日本の皇室と女性の地位は大きな変化を見せる。摂関政治の終焉、天皇の親政を経て上皇や法皇が実質的な権力者となり、彼らが掌握した〈王権〉は中世的な様態へと移り変わっていった。それにともない、皇室における女性の役割も必然的に変化をきたした。中宮《ちゅうぐう》や皇后を中心とした後宮が天皇家と相並ぶ今までの構造が、天皇家（そして院）による一つの大きな家として収斂するようになったのである。

十四世紀を女性史上の「分水嶺」と見る見方は、高群逸枝《たかむれいつえ》や網野善彦によって唱えられている。(1) これは、南北朝を境として古代の女性に見られる高い地位が下降するという説であるが、南北朝内乱期以降、むしろ女性の活動は広まるという反論も永原慶二や脇田晴子によって出されている。(2)

十四世紀は、婚姻形態が通い婚から嫁取り婚へと完全に移行した時期であり、封建的な「家」の成立、親権の強化といった傾向の中で、女性の社会的な立場もその影響を受けずにはいられなかった。もちろん、今回取り上げようとする皇室に関係する女性たちも例外ではない。平安時代、宮廷の文化を一身に担ったかに見える女房たちも、社会的変動とともにその役割を変じていったのであり、それは必然的に宮廷における文化の変容をも意味するといえよう。

本論では、三つの角度から中世の皇室と女性と文学について述べていきたい。第一は、摂関期における中宮サロンに代るものとしての女院《にょいん》サロンの成立と衰退。第二は、後宮女房日記の後を承ける内裏女房日記について。そして第三は、家父長制の伸展によって女性と文学はいかなる影響を受けたか、という問題である。以下、中世の皇室が女性と文学との関わりにおいてどのような役割を果したか、その限界をも含めて考察していきたいと思う。

女院文化圏の成立と文化のネットワーク

平安中期、中宮定子《ていし》や彰子《しょうし》（上東門院《じょうとうもんいん》）の周辺には女房を中心としたサロンが生成し、その中から『枕草子』や『源氏物語』などの優れた作品が生み出された。しかし、院政期になるとサロンの主人は后妃から女院や内親王に移っていく。その移行期に相当すると思われるのが、後冷泉朝（十一世紀中頃）の前斎院《さいいん》禖子内親王（六条斎院）周辺の活動であろう。

内親王は二十回を超える歌合を主催しているが、とくに、女房たちに新作の物語を作らせ、作中歌を合せた物語歌合などが注目される。斎院や斎宮には未婚の皇女が卜定《ぼくじょう》されるのであるが、少数の例外を除き、退下《たいげ》した後は婚姻するものはほとんどなかった。しかし、前斎院や前斎宮の周辺にはその女房を介して多くの人々が出入りし、一種の文化的サロンの趣きを呈するに至ったのである。つまり、斎王を経験した内親王が、文化的な出会いの場の主として機能するようになったといえよう。

院政期にはまた、未婚内親王が婚姻を経ずに弟や甥の准母《じゅんぼ》になったり、あるいは准三后になったりして女院になるケースが増加してくることが知られている。(3)女院とは東三条院詮子が皇太后宮を辞して出家したことに始まる尊号であったが、時代が下るにしたがって実質が変化し、白河院皇女の郁芳門院《ゆうほうもんいん》（媞子内親王）からは未婚内親王の尊号としても用いられるようになっていく。したがって、院政期から鎌倉期にかけての女院は必ずしも天皇や院の后ではなく、独立した一個の「家」のごとき形態を有する存在なのである。彼女らが抱える女房たちの中には著名な歌人が輩出しており、女院が当時の文化的なパトロンの役割を果たしていたことがうかがえる。

こうした状況の背景には、未婚内親王に相当の所領が相続されるという社会的・経済的な要因が影響を及ぼしている。たとえば鳥羽天皇と美福門院《びふくもんいん》（藤原得子）の残した莫大な長講堂領は、娘の八条院（暲子内親王）に相続された。これにより女院は経済的な基盤を保ち、院の司をはじめとする数々の官僚、女房たちの文化的拠点となった。もちろん、八条院以外の女院すべてに莫大な財産があったわけではないが、もはや中宮や皇后が衰退した院政期にあっては、女院がそれにとって代ったといえるだろう。五味文彦はこうした状態を「女院文化圏」と呼んでいる(4)。

女院文化圏の代表的なものは、待賢門院《たいけんもんいん》（藤原璋子）とその娘である上西門院《じょうさいもんいん》（統子内親王）周辺の文化的環境であろう。たとえば、出家後の西行が二女院の御所に出入りし、女房たちと歌を詠み交わしていることなどは従来から指摘されている通りである(5)。建寿御前《けんじゅごぜん》の日記『たまきはる』の「女房の名寄」には、宣旨《せんじ》や右衛門督《うえもんのすけ》のような上西門院に仕えたことがわかる女房を含めて六十人近くの名前が列挙されているが、その中には西行と関連を有したと思われる女房が十名以上もいるという(6)。

西行の『聞書集《ききがきしゅう》』巻頭には待賢門院落飾の際に詠んだ法華経二八品《ほん》が載せられるが、これは待賢門院中納言の依頼によるものであった。また、陸奥《むつ》へ旅するに当たって上西門院のもとに挨拶に参った折りのものと思われる、六角局《ろつかくのつぼね》との贈答歌も残されている（『山家集』下巻）。「人々別れの歌つかうまつりけるに」という詞書から、当時上西門院へ仕えていた堀河《ほりかわ》など、親しい女房たちと長旅の別れを惜しんだと推測される。このように、西行の周辺を見ても、女院とその女房たちが作り上げた文化のネットワークがいかに緊密なものであったかが知られる。

後嵯峨院の時代（十三世紀中葉）に入ると、藤原為家によって編纂された勅撰集『続後《しょくご》撰和歌集《せんわかしゅう》』に女院女房の歌の比重が増すことが指摘されており、(7)ここにも女院文化の特色を見出すことができる。『続後撰集』編纂のもととなった『宝治百首』作者四十名のうち女性歌人は九名であり、とくに多いとはいえないが、その過半数を式乾門院御匣《しきけんもんいんみくしげ》や阿仏尼《あぶつに》として知られる安嘉門院四条《あんかもんいんしじょう》などの女院女房が占めているのは異例といえよう。後嵯峨院の時代は後に両統迭立の原因となった皇室内部の政治的な亀裂が生じた時期であり、そうした状況が宮廷女房たちの文化的成熟の障害になっていたことを考えると、女院女房歌人の活躍も納得される。

また、物語でも『今とりかへばや』や『在明《ありあけ》の別れ』のように、女性の最高位を女院と見なすストーリーが現れるなど、文学に及ぼした女院の存在意義は大きいといわねばならない。ここには、一種の「女の栄華」として女院が想定されているのである。物語と女院との関係は、後嵯峨院の后であった大宮院（藤原姞子）の命によって選述された『風葉和《ふうようわ》歌集《かしゅう》』にも見出せる。これは新旧の物語から和歌を選び出したもので、散逸した物語も含まれていることからもっぱら散逸物語の復元の資料とされることが多かったが、これも後嵯峨院時代という一つの文化の特色を表す作品と考えることができるだろう。
先に述べた禖子内親王の物語歌合とも考え合せると、勅撰集を編纂するという天皇の文化的な営為に対して、皇室の女性が担ったのは物語の方であったといえるのではないだろうか。もちろん、女院女房が歌人として活躍したことはいうまでもないが、勅撰集という公の事業、ハレの行為と較べると、より私的なものである物語への指向は無視できない。後述するように、これは物語制作と享受のあり方に、女性による女性のための文化という色合いが強かったからではないかと考えられる。

しかしながら、女院文化圏は鎌倉中期を境に衰退の一途をたどりはじめる。野村育世は、未婚内親王の准后立后による女院は、天皇家が大覚寺《だいがくじ》統《とう》と持明院統《じみょういんとう》に分裂する頃までに終わることを明らかにしているが[8]、女院も制度上は江戸時代まで続くものの、実質的に文化的パトロンの役割を果たしえたのは亀山院の后である藤原佶子（京極院）までである（十三世紀末頃）。これは、斎王制が後醍醐皇女祥子内親王を最後に停止された時期とほぼ一致しており、両統迭立によって〈王権〉が変質していったことと関係があろう。

斎王が単なるたてまえ上でも皇室の「聖なる巫女」として皇祖神に奉られることは、〈王権〉を裏面から支える女性の力への期待があったと思われるが、斎王制の崩壊は、そうした「聖なる女性」の存在が不要になったことを意味している。女院の場合も同じく、天皇や院と拮抗しうるような文化的存在としての意味を失ったのである。

おそらく、後醍醐天皇という強大な中世的権力の体現者の登場によって、天皇に要求される文化の意味も変質し、とくに女性が文化的な営為に果たしうる力も限界を迎えたのだと推考される。

「後宮女房日記」から「内侍日記」へ

本節では、中世の女房日記について取り上げる。本来女房日記とは、自らが仕える主人の家の繁栄を記録することが目的であり、筆録者である女房の個人的な感情は極力抑制されるべきものであった。(9) しかしながら、従来女房日記の精髄として論じられてきたのは、『和泉式部日記』や『紫式部日記』のような、女房が主家の記録とともに個人的な感慨をも述べた平安時代の作品である。これらの平安女房日記が文学的価値の高いものとして評価されるのとは反対に、中世の女房日記は「停滞」「衰退」といった言葉で評価され、低い位置に置かれていたといってよかろう。

しかしながら、岩佐美代子は、社会事情の異なる平安文学の尺度を単純に中世の女房日記に当てはめることの危険性を説き、中世という時代の性格や実務をつかさどる女房としての作者層の問題を勘案したうえで、謙虚に中世女房日記を読み直すことを提言している。(10) 中世の女房日記は、『蜻蛉日記《かげろうにっき》』に代表されるような、自己の内面を深く掘り下げて記述していく中古の「自照文学」に較べて「記録文学」的な性格が強いといわれるが、それは「自照文学」尊重の姿勢が近代の国文学研究において作り上げられたためにすぎない。これからは、近代人の国文学観というフィルターを外して中世の女房日記をとらえることが肝要と思われる。

　中世において後宮女房の日記が衰退した背景には、先述のように、天皇が権力を強化したことにより相対的に皇后家の地位が低下した現象があると思われる。しかも、女院文化サロンも鎌倉中期までに衰微していき、文化の中心は天皇、あるいは院に集中していくのである。それと同時に、後宮女房日記に代るものとして内裏女房の日記が興隆をみせる。『弁内侍日記《べんのないしにっき》』『中務内侍日記《なかつかさのないしにっき》』『竹むきが記』の三日記、それに並ぶものとして『とはずがたり』があげられよう。そして、時代はやや溯るが、内裏女房日記の先駆として『讃岐《さぬきの》典侍《すけ》日記《にっき》』がある。

　『弁内侍日記』は、後《ご》深草《ふかくさ》天皇に仕えた藤原信実女弁内侍の手になる日記で、寛元《かんげん》四年（一二四六）から建長《けんちょう》四年（一二五二）までの七年間の記事が残されている。末尾には欠損による判読不能箇所があり、相当な部分が散逸したらしいが、おそらく後深草天皇の即位から譲位の期間までを覆っていたと考えられる。

　それを承けて、藤原永経女経子による『中務内侍日記』は、後深草院の子である伏見天皇の宮廷を舞台とする弘安《こうあん》三年（一二八〇）から正応《しょうおう》五年（一二九二）までを記録している。

そして、持明院統の廷臣である日野資名《すけな》女名子の『竹むきが記』は、後伏見天皇の治世のうち元徳《げんとく》元年（一三二九）から貞和《じょうわ》五年（一三四九）の約二十年間が記されている。後深草院二条の『とはずがたり』は、嘉元《かげん》四年（一三〇六）までの記事が確認できるので、『弁内侍日記』とはややずれながら重なっていることになる。

岩佐美代子は、これら現存する女房日記が、有力で長期にわたる治世ではなく弱体不遇の天皇の宮廷を描いているということを指摘しているが、[11]それに加えて、持明院統の宮廷ばかりであり、大覚寺統には女房日記が残されていないことも特色といえよう。

たとえば両統迭立後の亀山天皇や後宇多天皇の治世には女房日記は残っておらず、『続拾遺和歌集』『新後撰和歌集』『続千載和歌集』といった勅撰集編纂に力が注がれている。大覚寺統にも女房たちが多く侍していたはずであるが、本来女房日記が書かれなかったのか、あるいは単に現存しないだけなのか、明らかではない。

しかしながら、内裏女房日記の性格を考えれば、ある程度の答えは可能であろう。すなわち、内裏女房、とくに天皇の身辺に親しく侍し、〈王権〉のシンボルである三種神器を奉侍する内侍には、天皇、あるいは院の生と死を看取り、それを記録する役割が課せられていたということである。内侍日記については、皇室の年中行事などの公的な場面を描き切ることによって、我が身も宮廷女房としての自己実現を果たせるという意図があることが指摘されているが、[12]これは、高倉天皇の死を和文で記述することにより、重臣としての

立場を強調しようとした源通親《みちちか》の『高倉院升遐記《たかくらいんしょうかき》』も同様である。(13)

内侍による和文の記録とは、従来の男性による真名日記でもなければ、『和泉式部日記』のような個人の恋愛生活を綴る日記でもない。それは、天皇や院という最高位の貴人と、記録者の内侍との間に結ばれたある特別な関係を物語る形態である。男と女の「世の中」ではなく、あくまで〈王〉とその重臣という役割の中で自らの生の証しを示そうとしたテクストであり、いわば「公人」と「私人」のはざまに存するゆれを語る形式でもあった。

内侍日記における記録性は、たとえば記事には年紀が入り、おおむねその順に記されることからも明らかである。しかし、仕える天皇の治世のすべてを網羅しているわけではなく、書かれるべきものとそうでないものの区別は厳然としてあった。書かれるべきは帝王の〈王〉たる証しである即位の次第と、それに続く大嘗会《だいじょうえ》というもっとも重要な記事である。そして、年中行事、仏事がそれに続く。

たとえば、『弁内侍日記』には寛元四年正月の後嵯峨天皇の譲位と三月の後深草天皇即位に始まり、大嘗会の様子が綴られる。その合間に、自らが女工所の内侍に任じられた誇りや、さまざまな行事の様相が和歌を交えて挿入されていく。それは、内侍としての自己の人生が、常に天皇の御世を言祝《ことほ》ぐことによって確認されることを示しているといえよう。『中務内侍日記』も同じく、弘安十年の後宇多天皇の譲位と伏見天皇の即位を中心に、年中行事と宮廷内での人々との交流が描かれる。

こうした「公事」の視点から見れば、内侍日記ではないが『とはずがたり』でも事情は同じである。この作品は個人の性愛の赤裸々な告白と見なされる場合が多かったため、今まで女房日記として取り上げられることが少なかったが、先の二日記ほどではないにしろ、前半部には年中行事や院の仏事が詳細に描き込まれている。とくに、巻二に記される六条長講堂の供花については『中務内侍日記』『竹むきが記』にも記事がみえ、『とはずがたり』が単なる個人の告白ではなく、内裏女房日記の系譜上にあることを示している。六条長講堂とは後白河院の御所であった六条院に創られた寺院であり、莫大な所領の本所ともなっていた、いわば持明院統の経済的な拠点でもあり、重要な天皇家の仏事の場でもあった[14]。

このように、『弁内侍日記』から『竹むきが記』に至る女房日記は、天皇の「誕生」(これは生を受けるという意味ではなく、即位に相当する)と年中行事を記録することによって、内侍としての我が身の生をも描くという特色を持っているといえる。

ところで、阿部泰郎は近年、内侍に天皇(院)の生(性)と死を記録する巫女的な役割を見出そうとする説を発表した。とくに『とはずがたり』に関しては、内侍日記とその逸脱という新たな問題提起を行っている。つまり、内侍ではなく院の「女官風情」と呼ばれる二条が、後深草院との性という回路を通じて、院という中世的な〈王権〉のあり方を照射しえたという説である[15]。

阿部は『讃岐典侍日記』に溯り、『とはずがたり』を天皇（院）と性的な関係を結んだ女房が、その身体感覚を通じて〈王〉の生（性）と死を描く日記の系譜のうえに位置づけようとした。主家の繁栄を書き残すという本来的な意味での女房日記と較べると、堀河院と自らとの関係を主軸として展開する『讃岐典侍日記』はしばしば王朝的な女房日記の「変貌」と呼ばれるが、(16)『とはずがたり』とともにむしろ「変種」とでもいうべきだろう。

院と性的関係を持つがゆえに、『弁内侍日記』のようにあくまで従者として〈王〉を言《こと》祝《ほ》ぐ内侍の領分を逸脱し、宮廷女房日記の特色であった記録性や祝儀性からどんどん逸脱していったのがこの二日記なのである。

『讃岐典侍日記』と『とはずがたり』には、〈王〉との性的な接触を回路として〈王〉という仮面を外した愛人の生が描かれるが、それを記す行為には、「公」と「私」との激しい葛藤が含まれていたと想像される。とくに『とはずがたり』の場合は、内侍として院の生と死を看取る役割には本来なりえない。そうした自らの立場に対する微妙な心のゆれや不安が、本作品の魅力ともなっている。つまり、院の内侍として久我《こが》家の名を残すという自己実現を望みながらも許されないまま、記述は院と作者の性をめぐってどんどんずれていく。有明の月や雪の曙との恋を物語的な情趣をからめながら描き切ることにもさほど成功しているとはいえず、ついに後半部に突入するのである。

参詣記や紀行文の形式を借りて語られる巻四、五は、内侍としても、また、いにしえの物語の主人公としても生きることができなかった作者がたどりついた一つの選択ではなかっただろうか。したがって、二条は阿部のいうような院の巫女的な存在になりえたわけではなく、むしろ、なりたくてもなれなかったその軌跡を記したと考えられる。『とはずがたり』は〈王権〉の深みをあらわにしたというより、その「深み」じたいが無化されてしまうような大きな断層を秘めた作品ではないかと思われる。

さて、内侍日記の掉尾を飾るのが『竹むきが記』である。これも、『とはずがたり』とは別の方向ではあるが、「正統的」な内侍日記の体裁からずれていった作品といえる。上巻では模範的な女房日記の体裁を取りながら、下巻では夫と子供、そして自分の家という「私」的世界を中心に記事が綴られていく。そこではもはや、内裏女房としての記録という役目は閑却されたかに見える。これは、南北朝の内乱期という時代背景や、作者の父や夫の死といった彼女を取り巻く社会状況の激変によると思われるが、彼女にとってもはや〈王〉の威厳を繕い、それを言祝ぐよりも、妻や母といった我が身のつとめが生の証しとして重視されていたといってよかろう。

『竹むきが記』には、内侍日記がその役割を終え、宮廷の女性たちが夫の家に入り妻や母という立場を重視するようになる過程が暗示されていよう。そして女性たちが家庭に入るとともに、女性が物を書くという行為そのものも以前ほど重要視されなくなっていく傾向が見られる。この後、『お湯殿上日記《ゆどののうえにっき》』のような、複数の人物による完全な公的記録へと、宮廷女房日記は変化していくのである。

女性文学の最後の抵抗『無名草子』・『庭の訓』

一般的に、鎌倉時代とは家父長制の伸展により、封建的な「家」の基礎が築かれた時期とされている。中世的な「家」の基本単位である夫婦にはいずれにも親権が存するが、子供に及ぼす影響は母親よりも家父長である父の方が大きかったと思われる。本項では、家父長のもとで女性たちがどのような文化的基盤を身につけたかを考えることにしたい。

通常、平安王朝文学は女性による文化が栄えた証しと考えられがちであるが、古代以来、文学は漢詩文や勅撰集といった男性主体の世界であって、一見華やかに見える女房文学も、男性文化という大きな枠組みの中に花開いたものに過ぎない。(17) いうなれば、男女は文学においてある程度の棲み分けをしていたことになるが、女性の立場からすれば、男性主体の枠組みを破り、男性文学に充分拮抗しうるような文学世界を作って行くことは難しい作業であったと想像される。女性が物を書くためには、漢詩・漢文以外の表現手段を獲得する必要があったからである。

こうしたなかで、消息文や和歌から女性独自の表現方法を作りだそうとする試みがなされてきた。(18)『紫式部日記』などには、その試行錯誤の跡が読み取れる。女性は仮名文字を用いてある程度自由に表現行為をなしうるようになっていくが、男性主体の文学の枠組みに異を唱え、その枠組みを相対化したうえで「女性自らが作り上げた文学」を目指した作品が『無名草子《むみようぞうし》』である。

『無名草子』の作者は未だ決定的ではないが、少なくとも女性の手になることは確かであろう。いまは旧稿に従って俊成卿女と考えておきたい。[19]

『無名草子』は物語評論書として扱われることが多いが、新旧勅撰集への批評にも、かなりの紙数が費やされている。ここでは、物語と勅撰集とがおおむね女性文化と男性文化に対比されて語られる。物語とは女性が作り、女性が読み、そして女性が論評するという楽しみが可能な存在であり、そのためには、真名の下位に位置する仮名の文学である物語の地位を引き上げ、再評価する戦略が不可欠であった。

漢詩文はともかく、勅撰集には女性歌人も多く登用されているが、「女のいまだ集など撰ぶことなきこそいと口惜しけれ」という口調からは、天皇、院による公的文化事業である勅撰集があくまで男性主導であり、女性は選者にもなれないことへの忿懣がうかがえる。『無名草子』における物語評論は、女房たちが印象批判を楽しむという形式を借りながらも、その背後に物語を女性文学として賞揚していこうとする意図が透けて見えるといえよう。

しかしながら、俊成卿女の場合は晩年の『越部禅尼消息《こしべのぜんにしようそく》』に見られるように、勅撰集への思いを完全に断ち切ることもできなければ、自ら物語の筆を取ることもしなかったようである。こうした彼女の姿勢は、祖父俊成と叔父定家を筆頭とする御子左《みこひだり》家という和歌の「家」の伝統と無関係ではない。夫との離別後、わざわざ俊成卿という祖父の名を冠した召名を選んで後鳥羽院の歌合に登場したことは、和歌の「家」を守るという家父長の価値観を彼女が内面化していたことを物語る。物語への称賛は結局『無名草子』以降忘れ去られ、「父の娘」[20]としての作歌活動に明け暮れるようになるのである。

脈々と続く和歌や有識故実の「家」の伝統を持つ貴族の娘たちは、無意識のうちに「家」を継ぎ名を上げるという使命を家父長によって刷り込まれているのである。もちろん家父長の価値観を内面化することには二つの側面がある。一つはすぐれた文化的伝統を学ぶことができるという面だが、その裏面には、無批判に家父長の文化を受け入れ、権力の下に安住してしまう危険が秘められている。俊成卿女の場合、自らの祖父や叔父から学んだ『源氏物語』や和歌の作法を血肉化しなければ男性文化批判もなしえなかったわけであり、最終的には家父長制の翼の下から抜け出すことが難しかった例といえよう。

家父長から学んで自らの文化的基盤を作ってしまった女性たちには、おそらく次の二つの道があったと思われる。一つは、俊成卿女のように、自らの限界を知りつつ家父長的な文化の枠組みを相対化しようと試みる方法である。もう一つは、伝統的な「家」の奥底に入り込み、「家」の女主人の役割を全うすることで自己実現を図ろうとするものである。

この代表が阿仏尼であろう。定家の息為家の側室となった彼女自身、安嘉門院に出仕していた頃から歌人としての名声はあったし、御子左家の妻・母となったからといって文学の道からまったく遠ざかったわけではない。

阿仏尼の場合は、俊成卿女のように物語賞揚を手段として家父長制に立ち向かうのではなく、家父長制の奥深くに侵入し、「家」の一員となりながら内部で自らの才能を開花させる方法をとった点が特異であろうと思われる。『春のみやまぢ』などに描かれた阿仏尼の姿は、側室でありながら立派に家父長の「家刀自《いえとじ》」として君臨していることを感じさせる。

だが、阿仏尼はあくまでも家父長制という「安全圏」の中で活躍したわけであり、これをして中世的な女性の真の自己実現とみるかどうかは意見の分れるところである。阿仏尼は『庭《にわ》の訓《おしえ》』という女訓書の作者という説もあるが、この作品には宮仕えする娘への心遣いとともに、家父長制にすり寄っていこうとする現実的な傾向も顕著である。(21)『庭の訓』が後世の封建的な女訓書の規範とされたこと自体、本書の限界を物語っているといえよう。

また、阿仏尼の実作であることが明らかな『十六夜日記《いざよいにっき》』では、子を盲目的に思う母親としての面が強調されることが多く、阿仏尼の才能は、あくまで「母」という役割の中で開花したということもできる。「母」を離れた阿仏尼は、女性文学史という観点からすれば、中世女性の典型とされるような従来の位置付けとは違った存在として見直されるべきではないだろうか。

中世の家父長制が文学に及ぼした影響のうちもっとも大きな点は、女性を「物を書く」という行為から締め出し、妻や母、娘といった役割に囲い込んでしまったことである。皇室は依然として文学生成と享受の舞台であり続けるが、内裏女房や妻・母となった女性たちが文学に関与する可能性はほとんどなくなっていくのである。十四世紀とは、いわゆるエリート女房が最後の光輝を放ち、そして消えていこうとする時代だったといえるのかも知れない。

女性文学の未来へ向けて

中世の皇室をめぐる女性の役割は何であったかを問うとき、単に柳田国男の「妹の力」を援用しただけの、「女の力」がア・プリオリに存在するという本質主義に陥る危険がある。だが、もしかりに文学における「女の力」を想定するとすれば、社会の変化を機敏に察知し、自らの位置を見極め、挫折しつつも「物を書くこと」を試行し続ける作業こそがそれに相当するというべきであろう。

今後は、中世女性の文学的営為を単純に賛美するのみでもなく、極端な否定に走るのでもなく、個々の作品に真摯に向い合う態度が望まれる。

【注】

（1）高群逸枝『女性の歴史』（『高群逸枝全集』第四・五巻、理論社、一九六六年に再録）。網野善彦『日本の歴史10　蒙古襲来』（小学館、一九七四年）

（2）永原慶二「女性史における南北朝・室町期」『日本女性史2』（東京大学出版会、一九八二年）。脇田晴子『日本中世女性史の研究』（東京大学出版会、一九九二年）

（3）野村育世「中世における天皇家」、前近代女性史研究会編『家族と女性の歴史』（吉川弘文館、一九八九年）

（4）五味文彦『院政期社会の研究』（東京大学出版会、一九八四年）

（5）中村文「西行と女房たち」（『国文学』第三九巻八号、一九九四年、ほか）

（6）窪田章一郎『西行の研究』（東京堂出版、一九六一年）

（7）伊藤敬「後嵯峨院の時代」（『国文学』第三二巻七号、一九八七年）

（8）野村育世「王権の中の女性」『家族と女性』（吉川弘文館、一九九二年）

（9）宮崎荘平「宮廷女房日記の展開」『日本文学講座7　日記・随筆・記録』（大修館書店、一九八九年）

（10）『日本文学新史　中世』第二章「自照文学の深まり」（岩佐美代子執筆）、（至文堂、一九九〇年）

（11）岩佐美代子「天皇の一生と女房日記文学」（『国文鶴見』二五号、一九九〇年十二月）

（12）津本信博「弁内侍日記と中務内侍日記」（『解釈と鑑賞』第四六巻一号、一九八一年、など）

(13) 久保田淳「源親通の文学(1)」『藤原定家とその時代』(岩波書店、一九九四年)
(14) 阿部泰郎「『とはずがたり』の王権と仏法」『叢書史層を掘る3　王権の基層へ』(新曜社、一九九二年)
(15) 同前「『とはずがたり』と中世王権」『日本文学史を読むIII　中世』(有精堂、一九九二年)
(16) 前掲注(9)論文
(17) 田中貴子「中世の女性と文学」脇田晴子ほか編『ジェンダーの日本史　下』(東京大学出版会、一九九五年)
(18) 深沢徹「女流日記文学の回想表現」『女流日記文学講座1　女流日記文学とは何か』(勉誠社、一九九一年)
(19) 前掲注(17)論文。なお、『無名草子』の作者については、近年深沢徹氏が慈円、五味文彦氏が藤原隆信という説を出している。これに対する私の反論はいずれ公にしたいと考えているが、いまは新説を紹介するにとどめておく。
(20) 田島陽子「父の娘と母の娘」『現代イギリスの女性作家』(勁草書房、一九八六年)。
(21) 田中貴子『日本ファザコン文学史』(紀伊國屋書店、一九九八年)。

ある女盗人の物語――『今昔物語集』巻二九より

男女の根源的な生活を描く

論文に書くほどの「学術的」な資料があるわけではないのだが、いつかどこかで書きたいと思っていた話が『今昔物語集』巻二九「不被知人女盗人語第三」である。

『今昔』中屈指の佳品といわれることが多い本話は、「悪行」巻のほとんどがそうであるように出典未詳である。したがって、出典や関連話との関係をほとんど考慮せず「近代的」な読み方を楽しむことが可能であり、そのためか、古くは芥川龍之介や丹羽文雄、最近では中上健次が題材として用いている。それほどまで魅力的な光を放つ話であるのに、我が国文学業界では本格的な研究は少なく、片寄正義氏、本田義憲氏などに言及があるほかは、小峯和明氏の『説話の森』(大修館書店、一九九一年)を挙げるにとどまるのである。

しかしながら、小峯氏の読みにしても「近代人」としての枠組みに大きく縛られたものとなっており、承服しかねる部分が多いといわざるをえない。もちろん、私たちが「近代人」のくびきを離れて『今昔』の世界の住人と交感することなどもとより不可能だから、「近代人」としてさまざまな読みを試みることしかできはしないのだろう。

本話に関連する資料といえば、『文徳実録《もんとく》』や『中右記《ちゅうゆうき》』に記された女性の盗人の実在が必ずといっていいほどあげられるが、これらは本話を「読む」ためにいったいどのくらい役に立つのか、疑問である。本話に登場する女賊はちまちました物品を盗んで捕まった小者ではなく、些細な動作一つで大の男を縦横に使うことのできる首領なのだ。女盗人がいたことが問題なのではない。本田氏が指摘するように「本話に語られているものはしかし、女賊の奇異譚ではない。それを条件とした、男と女の一つの物語である」(『新潮古典集成』第四巻付録)からである。『今昔』がどこから本話を仕入れたかはわからないものの、編者がこれを「悪行」の巻に配置したのは女盗人が珍しかったからではなく、盗みという行為を介在させることによって或る男と女の「悪行」の顚末を語ろうとしたのではないか、と思われるのである。

冒頭における男と女の出会いは、人に知られぬ館にひっそりと棲む落魄した姫君とそれを訪ねる貴公子、という、まるで『源氏物語』夕顔巻のような風景を下敷きにしていながら、そうした王朝的な「世の中」を描く物語は、「鼠鳴」や「手ヲ指出テ招」くという身体的な行為によって急に反転していく。

「女モ、男ニモ不憚《はばから》ズ物食フ様、月無カラズ」を、古典文学大系の頭注は「食事するさまも下品ではなかった」とするが、後続の注釈書のように、ここは「男に打ち解けた様子で食事した」と解する方がいい。女が手ずから飯を盛る姿に男が幻滅した『伊勢物語』第二三段を勘案すれば、本話が食をともにする場面に拘泥するのは、男女の根源的な生活を描くためであった。

キッチン&ベッドという言葉そのままに、男と女が物を食い、交わるという暮しを、本話は淡々とした筆致で積み重ねる。従来好奇のまなざしで語られてきた、女が鞭で男を鍛える場面などは、むしろ食と性との延長線上に必然的に現れた事柄に過ぎないようにさえ思える。

雰囲気は桃源境的な異空間

本話はまた、『今昔』の女性像を語る際にしばしば引用されることがあった。女盗人は「男に働き掛け渡り合い、策謀をめぐらしてこれを圧倒する女性」（竹村信治氏「『今昔物語集』と女性」『解釈と鑑賞』五六巻五号）として、王朝時代とは異なる新たな中世的女性像が形成されているかに見える。だが竹村氏も指摘しているように、『今昔』に登場する女性たちの姿は、「中世的」という一見わかったような言葉で括れるほど単純な様想を呈してはいない。

女を「変化ノ者」と称するのは女性への嫌悪や恐怖を語るためだという読み方もあるが、小峯・竹村氏のいうように、この語は崩壊した秩序の中で女を自らの認識に取り込むことができず、判断停止に陥ったさまを示すものである。

また小峯氏は、女に「天人女房」の面影が髣髴とすることを指摘している。たしかに、突然に女から取り残された男の姿にはそのような趣きが感じられるが、女をあくまでも異界の存在としてしかとらえようとしない小峯氏の一方的な視点には、割り切れない思いが残る。つまりは、『今昔』の女性像などというテーマを掲げた瞬間、足元をすくわれるような存在がこの女盗人といえるのではないか。

もちろん、私は女が男とは異なる世界の住人であることを否定するわけではない。「□ト□トノ辺ヲ過ケル」という地名の空格は、編者が固有名詞の記載に執着したためであろうが、「失われた都市の整斉や秩序回復への意思の現われ」（小峯氏）というより、空格が現実世界から桃源境的な異空間（これが地獄と背中合せであることは後にわかるのだが）へと迷い込んで行く雰囲気を醸し出しているといえよう。まるで、デ・キリコの描く架空の都市（本田氏はこれを「非在《アンリアル》の都市《シティ》」と呼んだ）にさまよい込んで行くように……。

〝都市の裂け目〟から登場した巫女

さて、本話について語られるときは女ばかりが取り上げられる傾向があるが、検非違使に事の顚末を語るという重要な話者の役割を務めた男の方にも注目する必要がある。

彼は「年齢は三十歳くらいで、背がすらりと高く、やや鬚が赤みがかっている」という者だった。子供を除くと、『今昔』では男の年齢を明示する例は珍しい。しかも、長身で赤い鬚というと、若い頃の三船敏郎を思わせる荒んだ気配を感じさせる。男の身分が「侍くらいの身分の者」と曖昧に示されるように、ちゃんとした侍というよりアウトロー的な者だったと思われる。男がミフネだと相手の女は京マチ子というところか、ともかく当時の男三十、女二十は、それぞれ今の四十、三十代に相当しよう。世間の事がわかってきて、密かに「悪行」のできる熟した年齢でもある。それと同時に、男が女に去られた後も「やりなれていることなので、自分でもできる」、と盗みを繰り返して捕縛されたというのは、当時の三十代という年齢が、昼の世界に更正するにはすでに薹《とう》が立ち過ぎていたことを物語っている。

闇の世界に戻って行った女の方は、『古今著聞集』巻一二で検非違使の長官邸の上臈女房が「二十七、八ばかり」になってもなお裏稼業を続けていたように、おそらくこの先も同じような日々を送って行くに違いないのである。
だから、一、二年過ぎた頃女がはかなげに泣いて別れを暗に示唆する場面を「思惑違いは、女が男を本当に愛してしまったことだ。（中略）女は男の前ではじめて素顔を見せ、涙を流した」という小峯氏の読みが、近代男性特有のロマンティックなものに思えてしかたがないのである。

今までこうして男を物色し仕込んできた女が、急に「本当の愛」に目ざめるような甘さを持っているだろうか。涙はおそらく予定の行動であって、女はそれによって男の意思や反応を試したのだ。「ただ言っているだけで、本心ではないだろう」と安心して留守にした男の心に隙を嗅ぎ取った女は、男を切り捨てる決心をしたのだろう。言葉を用いないコミュニケーションと首領への服従を掟とする盗賊の世界では、絶対的な信頼と同時に、どこかで人を客観的に見つめる目を残しておく必要があったからである。

女は男以上に冷やかな視線を世界に注いでいた。それによってはじめて、都市という劇場の中で演者となることができたのではないだろうか。彼女は男を異界へと媒介する巫女として都市の裂け目から舞台へと登場し、そして退場して行った。

男の告白によって存在は知られたものの、遂にその実体を現さなかった女盗人の行方は杳《よう》として知れないが、『古今著聞集』の女賊のように白昼引き立てられたとは考えにくい。ただ、私はときどき、聖衆来迎寺《しょうじゅうらいごうじ》蔵の六道絵《ろくどうえ》の一つである人道不浄図《じんどうふじょうず》に彼女の最期を幻視することがある。

桜の花の満開の下に仰臥している美しい女性の肉体は季節とともに腐敗し、最後は白骨となって荒涼とした景色の中に散らばるのみである。どのような悪行も男女の契りも、果ては雪の中に消え行くものといえようか。

『平家物語』の女たち――「走る女」大納言典侍の生き方

エリート官僚と結婚したキャリアウーマン

永井路子氏が『平家物語の女性たち』（文春文庫）を書いてから、もう二十五年以上の月日がたった。以来、「『平家物語』の女（性）たち」という似たような題名の文章が次々と私たちの目に触れてきた。

そんななか、ここであえて「『平家物語』の女たち」を語ろうとするのは、『平家物語』に登場する女性たちの生き方があまりに多種多彩であり、それが現代人にとって一種の共感と一抹の哀感を呼び起こさせるからである。千人を超えるといわれる『平家物語』の登場人物のうち、主軸となるものは当然平家の公達《きんだち》であるが、彼らにはそれぞれに妻や愛する人がいたのである。となれば、登場人物の半分はそうした女性たちであるといってよく、彼女たちの波瀾に満ちた生涯は、読者である私たちの胸を強い感動で満たすものだった。

そうした数多くの女性たちのうち、ここで取り上げてみたいのは、平家の公達の妻たちの生き方である。先に挙げた永井氏の著書には、平家の妻たちに対する次のような言葉が見られる。

平家の男たちの生涯の悲劇は、彼らが選びとった悲劇である。（中略）が、妻たちは違う。彼女たちは夫の選んだ道を押しつけられ、その中で傷つき、苦しんで死ぬか、あるいは死より怖しい生を生きなければならなかった。

戦争に明け暮れる夫の帰りを待つ妻の立場とは、彼女自らが選んだのではなく、いわば夫の都合でそうなってしまったものだ。平家の妻は、その理不尽な仕打ちに苦しみ、不本意な人生を送らねばならなくなった被害者でもある。「銃後」を守る彼女らの生き方には、争乱のなかの弱者としての生がうかがい知れる。『平家物語』は、その意味で「男の物語」というだけではなく、「女の物語」ともいうべき側面を持っているといってよいだろう。

しかし、妻たちは単なる弱者としてのみ描かれているわけではない。永井氏は先ほどの引用に続けて、

しかも、それぞれの女たちは、世の中に対しては全く無知で無能力な女だった。

と述べているが、妻たちの描かれ方は決して無能力呼ばわりされるようなものではなかった。後に述べるが、物語の流れのなかで、妻たちには重要な役割が担わされているのである。その代表といえるのが、大納言典侍《だいなごんのすけ》だろう。

彼女は、平清盛の子息である重衡《しげひら》の正妻であり、安徳天皇の乳母という要職にあった女性である。現在でいえば、エリート官僚と結婚したキャリアウーマンというところであろうか。本名を輔子といい、父は紫式部の血筋を引く藤原邦綱である。

邦綱は娘三人を天皇の乳母にするという出世ぶりだった。安徳天皇の母親である中宮徳子は重衡と兄妹関係にあり、大納言典侍は東宮亮《とうぐうのすけ》であった重衡と同じ職場で働いていた縁で彼と結婚したといわれている。徳子は二十二歳で出産しているから、乳母になったときは大納言典侍もほぼ同じ年齢だったと推測される。もちろん、乳母といっても実際に授乳するわけではなく、幼い東宮の養育係と教育係を兼ねた存在だった。

彼女の性格や人柄、容姿などをうかがい知る手がかりは、『平家物語』の中には何も書かれていないが、安徳天皇の養育係を無事勤めあげたことから、よく気がつき、骨身を惜しまず働く女性であったと、渥美かをる氏は推測している（「『平家物語』の女性」『源平争乱期の女性』集英社）。

「私」と「公」の顔を持ち続けた気丈な女性

さて、大納言典侍の悲劇は重衡が大将として出征したときから始まるのであるが、そのもっとも不幸な戦いは治承《じしょう》四年（一一八〇）の南都攻めであった。まる半日以上に及ぶ長時間の合戦で疲れがこうじていた重衡が南都に攻め入ったのは、すでに日も暮れるころ。彼は照明を得ようと放火するのだが、それが風にあおられて、東大寺の大仏をはじめとする奈良の伽藍をことごとく焼きつくしてしまったのである。数千人にも及ぶ死者を出したとともに、仏を焼いたという失態は、これ以降の重衡の運命を決したのだった。

寿永《じゅえい》三年（一一八四）の一ノ谷の合戦で重衡は生捕りにされ、大仏を焼いた罪だと誰もが噂するなか、京へ曳かれ行くことになる。源氏側からは、「三種の神器となら身柄を交換してもよい」との打診があったが、天皇と三種の神器を手中に納めているがゆえになんとか安定を保っている平家側としては、それはできない相談だった。哀れなのは、大納言典侍である。

北の方大納言典侍殿は、ただ泣くよりほかの事なくて、つやつや御返事もし給はず、（大納言典侍はただ泣くことしかできず、まったく物をおっしゃることもなさらない）

という状態だった。

この場面では、泣いてばかりいる「無能力」で「無知」な妻の姿しか浮び上がってはこないように見える。しかしこの涙の背後には、三種の神器が天皇にとってどれほど重要なものか痛いほどわかっている乳母としての立場と、夫への思いとの板ばさみに苦悩する一人の人間がいるのではないだろうか。

こうして重衡は身柄を拘束され関東に送られたが、妻として涙にくれる以前に、大納言典侍には乳母として幼い天皇を守る役割が重くのしかかってきたのである。天皇を連れて落ちのびた壇の浦での最後の合戦で、彼女は「泣くよりほかの事な」い妻の姿からは想像もできない活躍ぶりを示すことになる。そしてそれは、彼女の人生を大きく変える契機にもなった。

刀折れ、矢つきた平家側に、もはやこれまでと思いを定めるときがきた。清盛の妻である二位の尼・時子は、腰に三種の神器の一つである宝剣をさし、片手に神璽《しんじ》の箱を持ち、片手に安徳天皇を抱き海へ飛び込んで果てる。大納言典侍は、それを追って内侍所（神鏡）の箱を脇にはさんで海へ入ろうとするが、袴の裾を舷に射つけられてころび、源氏の武士に取り押えられてしまったのである。

壇の浦の合戦では多くの平家一門が討ち死にをし、あるいはみずから海に沈んだが、平家出身ではない女性で入水をはかったのは大納言典侍ただ一人である。このことから見ても、彼女が持っていた乳母としての責任感の強さが知られる。また、見方をかえれば、夫・重衡の「家」である平家の妻女としておめおめと源氏にとらえられまいとする気丈さ、貞烈さを指摘してもよいだろう。大納言典侍という人は、このように妻と乳母という、私と公の顔を常に持ち続けていた女性なのである。

非常な行動力を持ったたくましい姿

壇の浦で一命をとりとめた彼女は、日野に住む姉のところに身を寄せることになった。夫は敵方に捕らわれの身のままであり、自身も覚悟の入水を妨害されたのであるから、日野での生活はもちろん無味乾燥な日々であったと想像される。

ところが、ある日、関東から奈良送りになった重衡が日野に立寄ることになったのである。二人は屋島合戦のとき文を交わしてはいたが、互いに顔を合わせるのは、重衡が捕えられて以来はじめてだった。

「……本三位中将殿《ほんざんみちうぢやうどの》（重衡）の只今奈良へ御通り候ふが、立ちながら見参に入らばやと仰せ候」と、人を入れて云はせければ、

(「重衡殿がただいま奈良へお通りなりますが、立ったままで北の方様にお会いになりたいとおっしゃっておられます」と、人を介して言わせれば)

座敷にも上がらず、立ったままでのあわただしい会見だったが、この言葉を聞くやいなや、大納言典侍は、

「いづらいづら」とて、走り出でて見給へば、
(「どこ、どこですか」と言いながら、走り出てごらんになれば)

と、館の奥から走り出て夫と対面を果たすのである。ここでの表現できわだって鮮やかなのは、走り出る大納言典侍の姿であろう。もう会うことも叶わないかとあきらめていた夫に会える嬉しさが、「走る」という、女房としては異例の狂乱的な行動に現れたのだ。

現代人の感覚からすれば当然のように思えるかも知れないが、当時の高貴な女性が走るというのはよほどのことがない限りありえない行為である。大納言典侍は、しばしの短い逢瀬のあと、去って行く重衡に対して、次のようにふるまっている。

大納言典侍殿、やがて走り付いてもおはしぬべくは思しけれども、それもさすがなれば、

引きかづいてぞ伏し給ふ。

(大納言典侍殿は、そのまま重衡の後に走りついて行きたくは思われたが、さすがにそれもならず、衣を引きかぶって泣き伏された)

つまり実際に走って後を追うことはできないけれど、彼女の心は走っているのである。もう、これがこの世での別れとなるかもしれない、という狂おしい気持ちが、この「走り付いてもおはしぬべくは思しけれども」という一文に込められているといえるだろう。壇の浦で見せた気丈ぶりとともに、この「走る」という行為は、大納言典侍が非常な行動力を持ち、たくましい女性であったということを示しているのである。

大納言典侍が走る場面は、実はもう一箇所見られる。重衡が木津で斬られた後、その遺体を迎え取るシーンである。大納言典侍は夫の遺体をもらい受け、ねんごろに弔いを行うのだ。ただし、語り本系統の流布本では、その部分は次のようになっている。

是を待ち受け見給ひける北の方の心の中、推し量られて哀れなり。

(遺体を待ち受けなさる大納言典侍の心の中が、推量されて哀れであることよ)

これに対して、古態を残しているといわれる読み本系統の延慶本《えんぎょうぼん》では、北の方、車寄せに走り出て、首も無き人に取りつきて、音も惜しまずおめき叫び給ふぞ無慚なる。

（大納言典侍が車寄せに走りでて、首もない遺体に取りついて、声を惜しまず泣き叫びなさることこそ無残なことである）

とあり、遺体に走ってとりつく大納言典侍の姿が強調されている。また、百二十句本でも、

北の方走り出でて、むなしき姿を見給ひて、いかばかりのことか思はれけん、ふた目とも見給はず、やがて引きかづいてぞ伏されける。

（大納言典侍は走り出て、遺体をごらんになって、いったい何を思われたのだろうか、二度とはごらんにならず、そのまま衣も引きかぶって伏してしまいになった）

と、やはり「走る」大納言典侍を描き出しているのである。

このように、大納言典侍は夫のため積極的に「走る」、つまり、行動を起こすことのできる女性であったと考えられよう。しかし、彼女が「走る」のは、人間としてぎりぎりの感情の高まりに出会ったときである。極限状態に至ってはじめて、大納言典侍はほかの妻

たちのように泣くばかりではない、行動する女性へ変身したともいえよう。したがって、永井氏のいうように、『平家物語』には「無能力」で「無知」な妻ばかりが登場しているわけではないのである。

しかしながら、平家一門の妻たちの行状を見ると、大納言典侍のような例は例外ともいえるものであることを認めねばならない。

たとえば、夫の死の知らせを聞いた成親《なりちか》の北の方は、「遺体をなんとかして見たいものだ」とは思いながらどうすることもできず、出家してしまい、「かたのごとくの仏事」を営む。また、経正《つねまさ》の北の方は、読み本系の長門本では、死んだ子供の頭部を懐に抱いたまま流浪する尼として描かれている。こうした妻のあり方こそがむしろ普通であり、大納言典侍のような激しい行動に出る女性はほとんどいない。たいていの妻は、夫の菩提を弔うためにすぐさま出家姿になってしまうのである。

生き残ったことが死以上の苦悩だった

では、夫の死に出会って出家する妻には、物語のなかでいったいどのような役割が与えられているのだろうか。共通するのは、出家後夫の菩提を弔い、自身の後世《ごせ》を祈っていることであろう。

これに関しては、物語も最後に近い「灌頂巻《かんじょうのまき》」の、建礼門院が自身の身の上を「六道めぐり」になぞらえて語る場面で、次のような二位の尼の言葉が引用されているのに注意したい。

男の生き残らむ事は千万が一もありがたし、たとひ又遠きゆかりはをのづから生き残りたりといふとも、我等が後世をとぶらはむ事もありがたし。昔より女は殺さぬならひなれば、いかにもしてながらへて、主上の後世をもとぶらひまいらせ、我等が後生をもたすけ給へ。

（今度の戦さで男が生き残ることは千万分の一もありません。もしまた遠縁の者がまれに生き残ることがあったとしても、私たちの後世を弔うことはないのです。でも、昔から戦では女は殺さないのが常ですから、あなた〈建礼門院〉はどうにかして生きのびて、陛下の後世をお弔い申しあげ、私の後世をもお助けください）

男が生きのびても女の後世を弔うことはできないが、女であれば亡くなった人々の後世を助けることができる、というのである。

つまり、残された女がなすべきことは、亡くなった人々、とくに自分の夫の菩提を弔うこと、という認識なのだ。この言葉に従うかのように、夫を亡くした女性のほとんどは出家して仏事を行っている。これは大納言典侍も例外ではなく、重衡の遺体を取り寄せて骨にし、高野山へ送っている。

ただし、彼女ら未亡人には、夫の菩提を弔うほかにもう一つ、重要な仕事があったのである。それは、自分の後世が助かるようにと祈ることだった。二位の尼がいうように、遠縁の者が生きのびても、女の後世を祈ってくれはしないのである。男は死んでも妻に弔われ、後世の安穏が約束されるが、女は自力で成仏しなければならないのだ。

これについては、細川涼一氏が指摘している通りである（「中世の尼と尼寺」『中世寺院の風景』新曜社）。

（前略）戦乱で死んだ男性の武士たちは、生き残った妻によって後世の往生を祈られたのに対し、生き残って尼寺に入った女性たちの方は、自らの修行によって往生しなければならなかったのである。

あれほど激しい姿を見せた大納言典侍の場合も例外ではなく、夫の弔いをすませた後は、建礼門院に従って尼姿となり、大原の寂光院に入っている。

彼女の毎日は、亡き夫と、乳母をしていた安徳天皇をはじめ、平家一門の男性たちの供養に明け暮れたのだろう。しかし、最後に生き残った建礼門院がいわゆる「六道めぐり」

のさまを後白河院に語ってきかせたように、彼女たちにはまだ明確な往生のきざしは見えていない。ただでさえ女性は成仏しがたいといわれるが、残された妻たちの修行の日々は、残された者にしかわからない死以上の苦悩であったかもしれないのである。

「お伽草子」と女の処世訓――『十番の物あらそひ』ほかより

女の生き方を示すカタログ

『十番の物あらそひ』は、前半が女性どうしの会話、後半が理想の男性を十番の歌合形式で語り合う構成で、『四十二のものあらそひ』などと同趣向の教訓的な内容のお伽草子といわれている。ただし石川透氏によると、本作品は本来前後半で別の作品であったものがある段階で併せられたといい、氏の紹介した天理本では前半が『立聞《たちぎき》』、後半が『よひの雨』と題されている[1]。ここでは『立聞』の方を取り上げたい。

この物語は、男が立ち聞きしているのに気づかず女性たちがおしゃべりをするというもので、天理本ではそれぞれの発言ごとに数字が施され、十一段に分けられている。従来『源氏物語』「帚木」の「雨夜の品定め」との類似が指摘されており、女どうしの談話である『立聞』の趣向は、たしかに男どうしの談話を光源氏が聞くという「雨夜の品定め」の裏返しだといえる。『源氏』は、男の理想の女性を描きながら作者が女性であるという複雑な構成であるが、『立聞』では、立ち聞きする「たいそう好色な心を持つ男」の視線という枠組みのなかで談話が進行していく。立ち聞きは『堤中納言物語』の「花ばなの女御」などの趣向を踏襲したものだが、ここに描かれた女たちの発言が男の視点から見たものであることを暗示しているとも考えられよう。

だが、「雨夜の品定め」が男性から見た理想の女性、あるいは理想的な妻のあり方であるのに対し、『立聞』では女性から見た理想の男性が具体的に語られるのではなく、話題は常に自分たちの生き方である点が異なっている。

これを市古貞次氏は、「現実を直視せず、男の欠点を抉つてゐないのが、甚だ物足らない」と評しているが、(2)「雨夜の品定め」や、理想の妻を求めて遍歴する中将を描いた『窓《まど》の教《おしえ》』のように、異性の欠点をあげつらうという目的は見られないのである。女性の欠点を列挙して教訓とする意図の『窓の教』とは異なり、女性が自分たちにとっての理想的な生き方を述べるというのが『立聞』の主眼であって、男性論は恋愛や結婚との関わりのなかで触れられるに過ぎない。したがって、現実的な男性の欠点を抉るといったような発想は、もともとこの物語にはないのである。

なかには、光源氏や狭衣の中将のような男の舞いや笛を見聞きしたい、などという夢々しい発言が見られるが、これらは非現実的な理想の男性像に陶酔しているのではなく、中世の女性が身につけるべきだとされた『源氏』『狭衣』など古典の教養を示す記述と見るべきだろう。

第一・二・四・六・八段には直接的に古典の教養を踏まえた表現が多いが、この背後には『庭の訓《にわのおしえ》』にはじまり『身のかたみ』『めのとのさうし』に至る女訓書にみえる、古典の物語や和歌を必須の教養とする姿勢が認められる。ただ、こうした合間には五障三従の身を離れ来世を頼むという女性や、誰とも添わず四季の移り変わりを友として暮したいという者など、結婚拒否という生き方を示唆する発言も見られる。

また、関白の北の方になって娘を女御に立てたいとか、あるいはどんな身分・容姿でもいいから裕福な人と結婚したいという現実指向も見られる。一見これらは、王朝時代と違って自己主張し現実に目を向ける中世の女性ならではの発言のように思えるが、果たしてそうであろうか。

『立聞』のほかにも、類似する趣向を持つ物語に『いさよひ』『十人』が挙げられる。前者は、男の立ち聞きを除けば『立聞』とほぼ同趣向で、発言者は六人とやや少ない。後者は『立聞』から発想を得たといわれており、帝から后を探す旨の触れが出たのをきっかけに、北面《ほくめん》の武士が娘十人を集めて将来の希望を聞くというもの。こちらは、女訓書的な教養よりもさまざまな女の生き方を描く意図が明瞭であり、一種の人生カタログを見るようである。これらを俯瞰すると相互に重なり合う項目もあり、いずれもが中世の女訓書の項目と深い関係にあることがみて取れる。

これらに『乳母《めのと》の草紙《そうし》』（『めのとのさうし』とは別）を加えた四つの物語は、若年女性に物語を通じて教養を得させ、女の生き方をカタログ的に示す目的を持っているといえよう。そこで以下、これらの物語と女訓書との関わりを具体的にみて行くことにする。

理想の最高位は后妃と関白の北の方

阿仏尼《あぶつに》作と伝えられる『庭の訓』をはじめ、十五世紀後半から十六世紀にかけて成立した『身のかたみ』『めのとのさうし』には、女性として心得るべき教養、立ち居振舞い、社会生活などが具体的に列挙される。とくに、先に触れた物語重視の傾向のほか、しばしば言及されるのは天皇の后妃となる栄誉が強調されていることである(3)。

御果報がすぐれ、幸運があって、女御や后の位にお立ちになりましたら、

（『めのとのさうし』）

これに対応する部分は物語にも見えており、たとえば『立聞』では次のようになっている。

どんなことでも自分の身に起きることでなければ、なんのかいがありましょう。私の願いを申しあげてその通りにいたしたいものです。女御になるのはなかなか心苦しいものです。私は、関白の北の方などになり、息子三人、娘三人をもうけ、娘の一人を女御に立てて玉の輿に乗らせるか、あるいは高貴な人の扱いを受けさせたいのです。息子たちはそれぞれ殿上人《てんじょうびと》とならせ、立派に宮中へ出入りする様子を見たならば、どんなにか嬉しく、気分のよいことでしょう。

ただしここでは自分自身が后となるのではなく、関白の北の方となって娘を入内させたいという願いである。類似の記述は『いさよひ』にもみられる。「女御になるのはなかなか心苦しい」とあるのは、入内しても男子を生んで国母とならなければ不幸だという当時の事情によるものだろう。

『十人』では六の君が関白の北の方を、十の君が入内を希望し、帝の寵愛を受けて国母におさまる。二人はほかの姉妹のように恋しい男と結ばれるのではなく、「ただ、最近ずいぶん羽振りがよくていらっしゃる関白殿」に憧れたり、「お父上、お母上の位もお上げ申し、我が家の行く末が繁盛するようになることこそ願っております」という非常に現実的な望みを持っていたのである。おかげで二人は、「一門のひかり」として後に名を残した。

これは、姉妹それぞれに善悪二通りの乳母がつく『乳母の草紙』の、妹が女御、姉が関白の北の方となる結末を連想させる。

このように、女性の理想的な結婚には后妃と関白の北の方という二つの究極があるかに見えるのだが、南北朝以降、両者の間には地位の安定性の面で差があった。脇田晴子氏によると、室町時代の天皇家は正式な皇后を置かず、家政全般をつかさどる勾当内侍《こうとうのないし》以下、後宮の女性は全員がいわば使用人の格であったという。[4] お手が付く可能性はどの女房にもあるが、皇太子を生んでも中宮、皇后、女院と位が上がるわけではない。

これと対照的に、関白家の北の方の場合は、ほかに側室がいても正妻としての地位が安定しており、離縁などがない限り平穏な一生が約束されていた。同じ「一門のひかり」であっても、室町の現実に照し合わせれば、当時すでに廃されていた后妃の位などは過去の名誉としての意味しかなく、実質的には関白の北の方に軍配が上がるだろう。「両親を養い、私も自分の思いどおりになりたいものです」と口にする六の君が、十の君に劣らぬ親への孝養心を見せながらも自身の「仕合せ」を願う点に、北の方への憧れが感じられる。

ちなみに、将軍の御台所《みだいどころ》が理想的な妻の座として挙げられていないのは、虚構《フィクション》の世界だからという理由だけではあるまい。過去には北条政子、同時代では日野富子という手本があるはずだが、政治経済に関わる仕事ではなく、あくまで夫の家の「内政」責任者としての能力を重視するのが女訓の不文律だったからではないだろうか。

このように、女性の理想として最高位に位置付けられた后妃と関白の北の方ではあるが、どちらも娘の栄華が一門の名誉と結び付けられている点が顕著である。平安時代の物語でも同じような一門の栄華が語られることがあるが、家父長を中心とした家の成立を背景に考えれば、この点はさらに重みを増してこよう。『立聞』ほかの物語は、女たちの勝手気ままな夢物語や純粋な理想ではなく、ある程度のクラスの家に生まれた室町の娘に施された教育内容を知るよすがとなるのである。

嫉妬を起こさぬ主婦教育

理想の妻の座を得て安定し、一門の光となることがいわば正方向の教育であるとするならば、その反対の負の方向を示す教訓もある。

『乳母の草紙』の姉方の乳母・竜王が教える内容はことごとくそうであるし、『火桶のさうし』などに示された嫉妬の戒めもその一つであろう。特に嫉妬の戒めは、女三宮を迎えた紫上の態度を手本として語られるもので、女訓書でも「女房にとってもっとも大切なことでございます」(『めのとのさうし』)ともいわれる。嫉妬の戒めの反面教師となるのが、次引の『いさよひ』内の発言である。

私の願うことには、夫として信頼していた男が、また別の女のもとに通っているのを聞いたなら、そっと隠れて夫と女が戯れるさまを目の当たりにしたとき、髪を耳に挟んで二人の寝室の中に走り入って、二人の髪を引っ摑み、ひげをむしって、打ち叩いたりなどしたならば、さぞ気分がよいでしょう。

これは、『乳母の草紙』の「〈鉄輪《かなわ》〉の能のように、恐しい怨霊にもなってしまうような思いを知るように」とある箇所と対応関係にある。

嫉妬は時代、性別を問わない人間の悪業のはずだが、女性への嫉妬の戒めがこれほど執拗に取り上げられるのは、家の成立にともない家政のとりまとめが重要な役目として主婦の肩にかかってきたからだと思われる。家政とは掃除や飯炊きだけではなく家内の政治経済すべてを指すから、北の方の地位が安定するためには、夫の女性関係をも掌握しておく必要があった。つまり、嫉妬の心など起こさぬよき主婦を作るための教育であったわけである。『源氏』の紫上が「主婦に夫の操縦法を教えて嫉妬を戒める手本」(5)へと変貌していく過程は、こうした動きと連動している。

お伽草子の主たる読者であった中流貴族の娘たちには、大まかにいって女房勤め、主婦、そして尼という選択肢が与えられていた。いずれの生き方も女訓書や女訓的お伽草子に含まれていることからわかるように、これは娘たちの主体的な選択というものではなく、時代や制度によって選択を余儀なくされた道であった。

　独身のまま女房勤めを一生続けることはきわめて難しく、尼になる以外では必ず結婚という問題が浮上してくる。なかには「玉の輿」もあるが、『物くさ太郎』のように清水寺で田舎上がりの者に「辻とり」されたりするような意に添わない縁もあっただろう。だが、女訓書ではそれでも夫を立てて連れ添うべきであると説いている。

『めのとのさうし』では「もし、不本意にも自分よりいやしくていらっしゃる男性と一緒におなりになっても」という一項をわざわざ立て、『身のかたみ』では「自分より身分のいやしい男性を夫となさったとしても、男というものは三世の諸仏が仮りの姿で現世に現れたのですから、まことに真正で慈悲の心を持っています。おろそかに思ってはいけません」とまでいうのである。この頃実際に釣り合わぬ縁があったため、それに対する女の心構えを説いておく必要があったのだろう。

『乳母の草紙』でも、竜王が姉君に九九の算用を教える画中詞で、「どのような蔵法師（金貸し）のところへお嫁入りされても、恥をおかきになることはございますまい」とほめる言葉がある。これは「左大臣の娘なのに、蔵法師との婚姻を想定する乳母の無定見ぶり」（新日本古典文学大系本）と見るよりも、釣り合わぬ縁でも積極的に対処させようとする姿を誇張気味に描いたと考える方が興味深かろう。

　竜王は過去に数人の夫を持ち、それぞれの夫とともに労働して生活を支えてきた女性で、身分は低くとも、家を運営していく主婦である点では関白の北の方と変わらない。どのような階層にあっても、主婦としての生き方を重要視する姿勢が女訓の一つの眼目であることは間違いなかろう。結婚を拒否すれば、俗世からはずれて尼になるしかないからである。

「日本一の美人」と遊女

ところで、『十人』には主婦と結婚拒否以外の道も描かれている。

八の君は五条の辻の立ち君となって、「若いときの才覚として、数多くの男の心をとらえ、年とったときの自慢話にしようと思うのです」と宣言するのである。この申し出の目的は、「十人の子供がお母上の腹から生まれても、『日本一の美人』と称されるのは、この遊女の道しかありません。過去の物語を詳しくごらん下さいませ」というものであった。言葉の通り、彼女は「多くの立ち君の中でもすぐれて美しくいらっしゃったので、男たちが我がちに争って客となり、一人ですごす夜もなかったため、自分の思いが叶い、辻の立ち君として年月を送った」という身になった。

「五条の辻の立ち君」は、『七十一番職人歌合』第三十番に「づし君」とつがえられて登場する、辻に立ち客を引く遊女である。(6) 立ち君は遊女のなかでも最下層として賤視されたらしく、いくら北面の娘であってもわざわざ志願するような生き方とは思えない。

しかし、八の君が目指したのは、十人の姉妹の中でただ一人、「日本一の美人の名」を取る名誉であった。彼女がその言葉の中で引く「ふるきよのものかたり」とは、おそらく小町が中世において色好みの遊女として喧伝されたことを指すのだろう。姉妹のほとんどは誰かの妻となって家の奥深くに暮らす生活を選んだが、立ち君は自らの容貌と才覚によって別の名誉を得ようとした。だが、同じ名誉でも関白の北の方や女御として「一門のひかり」となった姉妹たちとは異なり、「我が身の願望がかなって」と表現される自己満足の次元にあるものである。

いくら自力で得た名誉とはいえ、室町の下層遊女の社会的身分の低さを思えば、八の君の行為をただちに中世女性のたくましさとか主体的な行動力に結び付けることはできないだろう。「日本一の美人」は、一門の繁栄や親の孝養につながらない浮名に過ぎず、歓迎されるべき女の生き方とされてはいないのである。

以上、中世の女訓書と深い関わりを持つ物語を取り上げ、女性の生き方について教訓的な内容を持つ部分を中心に、中世の女性が社会から物語を通じてどのような期待と要求を受けていたかを探って見た。

物語は単なるメッセージ機関ではないが、そこに社会が人間に要請するある種の〝理想〟が潜んでいることは稀ではない。室町では、『源氏物語』などの王朝物語さえ家政の手本として日常生活の地平に拡散していく傾向があるが、家の構成と維持に不可欠な女性の役割を娘たちに浸透させる一手段として、お伽草子が用いられたことも無視できないのである。ここでは荒いスケッチにとどまっており、メッセージを物語に込めた作者の位相や性別にも言及できなかったが、この点を含めてさらに考えを深めてみたいと思う。

【注】

（1）石川透「『十番の物あらそひ』の諸伝本」（『汲古』15号、一九八九年）、同「天理大学図書館蔵『よひの雨』『立聞』翻刻」（『三田国文』11号、一九八九年六月）
（2）市古貞次『中世小説の研究』第一章（東京大学出版会、一九五五年）
（3）伊藤敬「『仮名教訓』考」（『中世文学』16号、一九七一年）
（4）脇田晴子『日本中世女性史の研究』（東京大学出版会、一九九二年）
（5）美濃部重克「テキスト・祭り・そして女訓」（『国語と国文学』69巻5号、一九九二年五月）
（6）後藤紀彦「辻君と辻子君」（『文学』52巻3号、一九八四年三月）

あとがき

「あとがき」から先に読んでいる人、そして、本書を読み終えてこのページにたどり着いた人へ。ここでは、いつもの私の本作りとは異なった手順をたどった本書の成立事情について記しておきたい。

本書は、私が今まで書き溜めていた論文や雑文を、数年前からおつきあいが続いている洋泉社の藤原清貴さんのお勧めにより、急遽出版が決まったものである。書き下ろしではないので、柔・剛あい交じり、さまざまな文体の文章が詰まっている。それを整理し直し、題名や小見出しまで付けてくださった藤原さんには、たぶん大変な苦労があったことと思う。

こうした経緯でできた本なので、私は、本来なら自分ですべき構成やら何やらに手を染めることがなかった。しかし、ばらばらに書き散らした素材だけを渡して編集者がそれをどんなふうに料理してくださるか、という興味もあって、今回は全面的にお任せすることにした。つまり「まな板の上の鯉」になったわけである。「私」というテクストが他人によってどんなふうに読まれるのか、という興味もあった。これはかなりわくわくする経験であった。私の仕事が自分以外の人にどのように受け取られているのかを知る、いい機会だったからである。こうして、藤原さんが出してこられた案は、四章仕立てになっていた。そこで、少し私の感想を述べておきたいと思う。

第一章は、稚児《ちご》をめぐる中世の男色《なんしょく》と、私が一時深く関わった稲荷信仰についての論が集められている。そのいずれも、中世の性愛という問題が深くからんだものである。この問題は以前から取り組んできたテーマの一つであり、私の仕事のなかでも一つの大きな柱となっている。それぞれの論は依頼によって書いたものなので統一性はないだろうと思っていたが、こうして改めて読み返してみると、論の内容は意外なことに互いに通底した要素があることがわかった。

第二章は、中世の古典という私の専門からややはずれた論が集められている。しかし、扱った時代は近世や近代に及ぶものの、「女性に対する〈神話〉」という流れをそこに見出すことができる。この流れは、初めての本である『〈悪女〉論』（紀伊國屋書店）から今に至るまで、私の頭の中を流れ続けてきたもののように思う。

次の第三章は、神仏と女性や女神に関するテーマを集めた論である。日本の女神についての論というのはいまだにごく少ないが、その溝を少しでも埋めようとする私の姿勢が表れているといえよう。いや、というより、私の中でくすぶっていたものがこのように一つの章にまとめられたため、私自身見えなかった部分がはっきりしてきた感じがする。

　そして第四章には、もっとも国文学に近い分野の論を載せている。国文学の徒としてはこれが本職ということになるのだろうが、私は、ほかの三章に収載された論と比べて特に意識して書いたわけではない。それは、藤原さんがいみじくも洩らしたように、私の研究がすでに国文学を越境しているからなのだろう。

　私は論文を書く場合、ジャンルを越境することに対してはほとんど意識していない。つまり、書かれたものだけではなく、あらゆるものがテクストになり得るというスタンスで仕事をしているからである。

「いつになったらちゃんとした学術書を出すのか」などと親切に（？）注意してくれる方々にとって、本書の内容は非常にヌエ的で得体の知れないものに映るかもしれない。ここまでくだけた内容にしたことに対して、批判する方もあるだろう。しかし私にしてみれば、どんな論文や雑文であっても、常に「私なりの方法」で取り組んでいるだけであり、そこには、「国文学を開かれたものにする」「学問を社会に還元する」という願いがあることを知っていただきたいと思うのである。

　従来の国文学者の多くは、研究対象として特定の時代や分野、そして作品に限って研究を行う傾向があり、そうした「一つのテーマに打ち込む」研究態度がよしとされてきたきらいがなくはなかった。けれど、それが学問のたこつぼ化を招いたことも事実である。大学の改組により「国際文化学科」とか、「アジア情報学科」などという学科が続々と生まれ、新しい学際研究が求められている今、正直いって、旧来の研究方法だけではツブシがきかなくなっている。一見何の脈絡もないような私の仕事ではあるが、こうした新たな「知の胎動」の時代に少しでも寄与できれば幸せである。

こうした私の「思い」を汲み、それぞれの論に流れる主調低音に耳を澄まし、放置されたままになっていた「素材」を的確に料理してくださったことは、私にとって喜び以上のなにものでもない。そのような点で、本書は藤原さんと私の二人三脚で生まれたといっていいのである。

本書はいちおう四章に分かれているが、どこからでも、気になったところから読みはじめていただいてかまわない。そして、私と一緒に中世の魅力的な世界に遊んでほしい。ここには、私・田中貴子のいろいろな面がちりばめられているからである。

さて、本書のほとんどはもともと論文の形式で書かれているが、私の書いたものに初めて触れる一般読者の方々のために、原典の引用は極力避け、現代語に直した(ただし、かなり意訳した部分もあることをお断りしておきたい)。原文が読みたいという方は、巻末に初出一覧を付してあるので、そちらのオリジナル版をご参照いただきたい。今まで五冊の本を上梓したが、悲しいことにやはり読者のほとんどは同業者であって、一般の読者からは敬遠されがちだったのが気になっていた。そこで今度は、あえて「読んでおもしろく、ためになる（かもしれない）」本を作ることに徹したのである。

いつものように、本書がなるに当たっては多くの方々に力を貸していただいた。初出の際お世話になった編集者の方々をはじめ、いつもの、あるいは初めての読者の方々にも感謝したい。また、忙しい仕事のなかで、いつも私の心をいやしてくれた同居猫のくりこにも感謝しておきたい。彼女は、私がパソコンの前に座って仕事をしていると、必ずキーボードを踏み荒して意味不明の文字を入力してしまうのがちょっと困るのだけれど……。

一九九七年十月二十八日　　移りゆく秋の日差しのなかで

田中貴子

◆初出一覧（原題）

【第一章】中世の性愛と稲荷信仰
・中世における「児」――児のジェンダー／セックスをめぐって（『「性を考える」わたしたちの講義』世界思想社・一九九七年四月）
・稲荷信仰と霊場――人はみな、稲荷へ向かう（『国文学　解釈と鑑賞』第五八巻三号・至文堂・一九九三年三月）
・稲荷神の供物覚書（『朱』第三七号・伏見稲荷大社・一九九四年三月）
・人恋しい、恋の病の処方箋（別冊宝島ＥＸ『京都魔界めぐり』宝島社・一九九四年五月改訂版）

【第二章】歴史の中の「女性神話」の誕生
・「聖なる女」をめぐって（季刊『仏教』第三二号・法蔵館・一九九五年七月）
・東男に京女――京都の「伝統」とは何か（『創造する市民』第四四号・京都市生涯学習センター・一九九五年七月）
・幽霊と女性（別冊太陽『日本の幽霊』平凡社・一九九七年七月）

【第三章】神仏の世界と女神

・女神の図像学（『国文学　解釈と教材の研究』第四一巻四号・學燈社・一九九六年三月）
・渡来する神と土着する神（山折哲雄編『日本の神』第一巻・平凡社・一九九五年四月）

【第四章】中世の女と物語文学

・中世の皇室と女性（岩波講座『日本文学史』第五巻・岩波書店・一九九五年十一月）
・都市の巫女――巻二十九第三話再読（新日本古典文学大系『今昔物語集　五』「月報」六五号・岩波書店・一九九六年一月）
・平家物語の女たち――鮮やかに夫に走り寄る大納言典侍（アエラムック『平家物語がわかる。』・朝日新聞社・一九九七年十一月）
・お伽草子の女たち――「十六番の物あらそひ」をめぐって（『国文学　解釈と教材の研究』第三九巻一号・學燈社・一九九四年一月）

文庫版あとがき

　この本は、書き下ろしではない初めての本であった。したがって、「あとがき」にも記しているように、色々な媒体で書き散らしたものの取り集め本なので、それが気になってもいた。今回、改めて読み返してみると、文体の不統一だけでなく、舌足らずな表現や筆の走り、読者に対する不親切さ、などがぞくぞくあらわれ、たいそう恥ずかしい思いを感じた。しかし、今回の文庫化にあたっては、これらを書いていた約十年前から七年前の自分の未熟さをあえて残すことにし、手直しは最低限にとどめた。

　私の研究の中心となるテーマは、一、僧侶の文化と仏教文学、二、怪異と文学、そして三、女性と文学、であり、これは今に至るまで変わってはいない。本書を再読すると、同じ資料がいくたびも出てきたりするが、それは私がこれらの三テーマのまわりを廻りながら物を書いているしるしであろうと思う。お許しいただきたい。

　また、「あとがき」では、「私は文学という領域を逸脱している」などと書いているが、

「逸脱」するということの本当の意味がだんだんわかってきた今では、なんと幼稚な認識であろうかと苦笑せざるを得なかった。すべての事物はテクストとして読み解くことができる、という気持ちは変わらないが、それが果たして「逸脱」になるのかは疑問である。「逸脱」とはもっと大変なことではないかと今になって思っている次第である。

このように、迷いのなか、今日もパソコンに向かっている。たぶん一生が迷いのなかなのだろうな、と、ふと思う。迷い続けることもいいかな、とも思う。

なお、文庫化にあたっては筑摩書房の渡辺英明氏、天野裕子氏に大変お世話をおかけした。また、ご多忙ななか、解説を書いてくださった川村邦光氏にも感謝致します。みなさん、どうもありがとうございました。

さて、「あとがき」に出てくるうちの同居猫・くりこは今も元気である。酒井順子氏の『負け犬の遠吠え』によると、「独身で猫を飼い、マンションも買った」女性は完全な負け犬らしい。しかし、研究者にとって負け犬の生活はとても快適だ。キーボードを打っている今も、くりこは机の下でごろ寝している。猫には「負け猫」なんかないんだよー、というふうに。

二〇〇四年九月

田中貴子

解説

川村邦光

中世の宝物庫に不意に闖入し、まるで虫干しするかのように、宝物を洗いざらい曝け出して、その核心に手付かずのまま隠されている観念、もしくはイデオロギーを明るみに出して、木っ端微塵に徹底した批評を遂行する、そのようなことを田中貴子の仕事からうかがうことができる。

しかし、それればかりではない。この中世イデオロギー批判は、現代のそれも照射するのだ。決して遥かな過去の文学に対する安穏とした批評、あるいは研究に終始していない。中世への眼ざしは現在への眼ざしへと通底しているところに、著者、田中の仕事の本領がある。貴子ワールドということのできる、不可思議でエロティックでもある、曝け出された宝物群へのパサージュ（遊歩）にひとときお付き合い願いたい。

著者は中世の説話文学、それも仏教と関わる説話を中心とした文学研究者である。このように言ってしまうと、大学の研究室に閉じ籠もって、辛気臭い古びた文献の一字一句を眼を皿のようにして眺め、その字句を懸命に詮索し考証したり解釈したりだけしている、お堅い研究者を想像されるかもしれない。

しかし、本書の目次を一瞥しただけでもわかるように、そのような片鱗はまったくない。性愛、セックスとジェンダー、王権、出産、幽霊、女神、神仏、稲荷などの言葉から、たやすく想起されるように、女性学や社会学、文化人類学、民俗学、宗教史などの裾野の広い領域にわたっている。文学研究、あるいは〝国文学〟とは縁もゆかりもないかのようである。貴子ワールドの豊穣さを目の当たりにすることだろう。それは、著者の最初の鮮烈かつ戦闘的な著作『〈悪女〉論』（紀伊國屋書店、一九九二年）から一貫している。

古典、また文学はなによりもまず読み解かれるべきテクストとしてある。時代の政治的社会的な状況はもとより、文化、宗教、権力、とりわけ男と女のジェンダー関係を踏まえて、テクスト分析をするというのが、著者の一途なスタンスだ。

たとえば、『〈悪女〉論』のプロローグでは、「ある女性が悪女と呼ばれるためには大まかにいって次の条件が必要です。どんなかたちであれ権力を掌握するか、あるいは権力者の周辺にいて自身が権力に関与することができること。権力とは政治権力以外にも学問的権威なども含みます。もう一つはこれに関連しますが、必ず男性との関係において彼女の価値が計られていること。つまり、悪女とは男性側の価値基準による女の尺度なのです」と〈悪女〉分析の視点を提起している。

この〈悪女〉を性愛や王権などに置き換えてみると、著者の視点はすぐれて歴史学の視点であり、M・フーコーの権力・ディスクール分析やフェミニズム理論と通底していることがうかがわれよう。

そして、著者はフェミニズム理論に依拠しているわけではないと断わりながら、「フェミニズムの視点が古典文学を読むうえでどのくらい有効かということは未知数ですが、相互の研究が交渉をもたなさ過ぎるためにタコツボ化するのも非生産的ですし。異種交配によって何が生まれるか、あるいは生まれないか、やってみなけりゃわからない」とも、挑戦的に語っていたのである。

本書のあとがきでは、「従来の国文学者の多くは、研究対象として特定の時代や分野、そして作品に限って研究を行う傾向があり、そうした「一つのテーマに打ち込む」研究態度がよしとされてきたきらいがなくはなかった。けれど、それが学問のたこつぼ化を招いたことも事実である」と、国文学の現状を批判している。

そして、ジェンダー概念を導入し、これまで常識化され自明視されてきた「聖なる女」や女神などの観念、男と女の関係を多くのジャンルを越境して、批判的に論評している。常識解体の脱神話化とジャンル越境による脱属領化がいっそうはっきりと戦略的に貫徹されているのである。

このような著者のスタンスは、巻頭の論文「「稚児」と僧侶の恋愛」にはっきりとうかがい知ることができる。僧侶の性愛の対象とされた稚児は「生物学的な性差、つまり生まれながらの性であるセックスや、人間が作り出した社会的・文化的な性差であるジェンダー」を考えるうえで、格好のテーマとして取り上げられている。自明視され当たり前とされたセックス・ジェンダーをさまざまなジャンルを越境しながら問うのである。

現在、少年愛をテーマとする〝やおい〟あるいは〝ボーイズ・ラブ〟と呼ばれる少女マンガや少女小説が若い女性たちの間で根強く支持され、読み継がれている。〝ボーイズ・ラブ〟研究者の藤本純子（「女性の「性」をめぐる眼差しの行方」『日本学報』二〇号、二〇〇一年）によると、〝ボーイズ・ラブ〟は、一九七〇年代半ばから現われ、赤裸々な性描写を特徴とし、「社会的には何も生まない同性間での結婚が幾通りも描かれ、そのうえそれは社会のタブーを破っても選択された強い愛の具現」を表現している。現代と同じように、中世社会でも、男性間の性愛を描いた「稚児物語」や「稚児絵巻」が広く読まれたり、ヴィジュアル化されて眺められたりしていたのである。

「稚児物語」、また多くの稚児研究では、稚児は女性と見まがう姿をして、神仏の化身として聖性をもち、性愛を方便として僧を導き、自らの身をもって僧の欲望を救済するがゆえに、神聖な存在だとされる。しかし、こうした観点は「稚児を「観る」側の論理」、また稚児を「犯す」側の僧の視点に過ぎない、と著者はバッサリと批判する。「犯される」側の稚児はどうなのか、稚児のポジションから稚児と僧侶の性愛を再検討すべきことを提唱している。

〝ボーイズ・ラブ〟でも、能動的な「犯す」側の〝攻め〟と受動的な「犯される」側の〝受け〟がきっちりと決められ、運命的な出会いによって、〝攻め〟は犯し、〝受け〟は犯されるが、やがて互いの性愛を通じて愛情が生じ、二人は結婚し、なんと子どもまで設けて、ハッピーエンドとなる。

「稚児物語」と〝ボーイズ・ラブ〟は、同じような物語の構造をもっていることがわかる。ただ後者にはいうまでもないが、前者のような宗教的な粉飾がなく、〝攻め〟の立場からの運命的といえる出会い・恋愛を強調するだけである。

このような稚児と僧侶の性愛は、はたしてホモセクシュアルといえるか、「限りなくヘテロセクシュアル（異性愛）に近い内実を持っていた」というのが著者の答えのひとつである。

稚児と僧侶の師弟関係は父子関係や君臣関係になぞらえられて、徹底した主従関係が説かれ、当時の男女のジェンダー関係とほぼ同じだった。すなわち、稚児のジェンダーは受動的・従属的な弱者で「女性的」だったのである。

著者は、稚児が寵愛を受けていた僧の「夜離《よが》れ」をとがめている歌「我もはや忘れはてぬといひやらんかへりてしたふ心ありやと」（『続門葉和歌集』）をあげている。詠者は「蓮蔵院松菊丸」とあり、詠者の名を隠してしまえば、男女の恋歌と変わりない。稚児は男の訪れを待つ歌を詠む和歌の伝統にのっとり、女のジェンダーを引き受けていたのである。眉を作り、化粧し、女性と区別がつかなかった点でも、稚児は「女性的」だった。そればかりでなく、女性と同じように、稚児は垂髪にし、それが愛でられていた。

しかし、女性の場合は髪の長さや豊かさ、色艶といった静的な美しさが愛でられたのに対して、稚児の場合はゆらゆらと乱れている動的な髪のエロティシズムに僧の思いが込められている。ジェンダーの曖昧な「両性具有者の美」、それが稚児の特性だと著者は指摘する。それはジェンダーを越境した、男でも女でもない中間的なジェンダー、男にも女にもなれるジェンダー、トランスジェンダーである。

稚児になる際、「児灌頂《ちごかんじょう》」という仏教儀礼が行なわれる。深夜、半裸身の少年に水を注ぎ、化粧を施し、冠と衣裳を身につけさせ、秘密の偈《げ》を授けると、観音菩薩の聖なる化身となる。しかし、これだけでは終わらず、結願の夜に「隠所の作法」が行なわれる。

稚児が僧と性的な交渉をもち、稚児の「法性花《ほっしょうか》」つまり肛門が僧の性器を受け入れた時に、児灌頂は終わるという。稚児は神仏、また観音菩薩と等しい聖なる存在となり、僧の淫欲を慈悲の力で受け入れ、僧を救済するとされるのである。

このような儀礼を創出した日本仏教とはなんだったのか、考えさせられてしまう。たんに僧が自分の性欲を満たそうとしたのでないとするなら、善悪や美醜を超えた仏僧たちの業の深さにただ驚き呆れ果ててしまうのではないだろうか。それにしても、仏教世界の築き上げてきた救済なるものの不可思議さは常人の考えを遥かに凌駕していよう。

著者はジュディス・バトラーを援用して、「身体の生物学的な特徴＝セックスがジェンダーを左右したりするのではなく、ジェンダーはセックスとは関係なく発生するものだ」と述べている。

稚児のジェンダーは男というセックスに規制されずに、僧との関係において男にも女にもなれるジェンダーを構築し表象する。それと同じように、稚児のセックスも、生得の男というセックスが無意味なものとなり、男と女のセックスの間を揺れながら、「メスの身体」にも「オスの身体」にもなりうるのである。セックスもジェンダーと同じく、文化的・社会的な文脈のなかで変化する可能性を秘めているのである。

稚児のこのような可変的なセックス／ジェンダーの特性に、著者は自然で自明とされてきた男女の二元論的なセックス観に揺さぶりをかけ解体する可能性をみいだしている。また、異性愛を自明視する近代の恋愛観に対しても、「愛のかたち」が多様であることを提起するのである。

この稚児のトランスジェンダー、もしくは「両性具有者の美」は男が手前勝手に都合よく創出／捏造したものかといえば、そうとばかりはいえないのが中世の仏教体制下に置かれた稚児の現実であり、僧との関係のなかに自らの身を置いて、能動的にこうしたポジションを引き受けていったのである。それは、稚児が同衾することを避けてつれなくする僧をとがめた歌を詠んだことでもわかる。しかし、観音の化身として聖なる存在とされながらも、稚児の身体またセクシュアリティは僧との権力関係において対等ではなく、搾取されてきたという現実がある。

稚児のポジションは女性や女神のそれとも連なっている。稚児は女性的に表象されたが、出産能力・生命の再生産だけは稚児のセックス／ジェンダーとは無縁だった。それは女性のセックス／ジェンダーにのみ課せられ、柳田国男が論文「妹《いも》の力」で力説することによって、「女の力」が「聖なる力」として神話化・神秘化されていった。

〝産めよ殖やせよ〟の戦中ばかりでなく、現在でも、生命の再生産を女性の本質だとし、そこに聖性を求める母性神話がいわば捏造されて存続している。男性の視線・権力によって価値づけられた「ジェンダーとしての女性が表象された文化のかたち」に過ぎないと、著者によってたやすく母性神話は解体される。

このような母性神話の両極に、女の幽霊と女神が位置している。どうしたわけか、男の怨霊は菅原道真を始めとして華々しく活躍するのだが、男の幽霊の影は薄い。累《かさね》・お岩・お菊の三大幽霊は女性によって占められているのである。

平安時代から、仏教では女性が現世への執着心が強いと説かれてきた。しかし、男でも執着心が強いのだから、女が幽霊になるのが多いのはその死に方にあるのではないかと、著者は新たな幽霊論を構想するのである。女性特有の死に方とは、「出産に関わる死」で

である。

出産で死んだ女は血の池地獄に堕ちるとされた。産女《うぶめ》（姑獲鳥）は出産で死んだ女の妖怪であり、子を抱き、下半身血まみれの姿で表象される。そのイメージが女の幽霊に漂っているとするのが、著者の見解である。

セックス／ジェンダーにおいて、「産む性」を本質とされた女性が子どもを死なせたり、子どもを産んでも育てることができなかったりしたため、妄執をもつ恐るべき女の幽霊が男によって生み出された。男も女も「産む性」という、女のセックス／ジェンダー観にとらわれて、妄執を抱いてきたのである。

女神の原型は記紀神話の女神イザナミに求められている。イザナミはイザナギとともに子を産むことによって「大いなる母」とされる一方で、生命の再生産を行なう陰部を焼かれて死にいたり、「死をつかさどる畏怖すべき者」という両義的な存在となる。母性の喪失によって、いわば妖怪的存在となるのである。このイザナミの生死を司るという両義性が日本の女神のイメージを決定づけている。

仏教守護神の訶利底母《かりていも》＝鬼子母神、また民話で語られる山姥《やまんば》も、イザナミのような両義性を帯びた女神である。他方、善や美を象徴する女神は、女房姿のように和様化して描かれた。そこには、女性というジェンダーに負わされた、子を産み育て守る母としての善・美が表象されている。「産む性」と関わる女神は、男の眼によって麗しく慈愛に満ちた姿で描かれてきたのである。日本の女神、ひいては男神も、どのように表象されてきたのか、著者はジェンダー分析によって、神々や神話的思考の深層を明るみに出している。

著者は、中世の説話と現実の狭間に立ち、説話のディスクールを解読し批評するとともに、現実の権力関係を撃つ。そして、現代の自然で自明とされているイデオロギーと現実を根底から疑い、その根拠をあらためて問い直そうとするのである。中世文学研究とて、現代と無縁ではありえない。過去の現実を過去のなかで〝読む〟とともに、それは現代のなかで〝読む〟ことも求められる。このようなスタンスをつねに保持することによって、中世と対峙しつつ、現在と相渡っている、著者の姿が本書からうかがうことができよう。「ある女盗人の物語」のなかでは、『今昔物語』に載せられている、男を配下にして盗賊の首領として君臨した「女盗人」が取り上げられている。

この女盗人、年は二十歳過ぎで、「清げなる女の形愛敬づきたる」と描かれ、男装の出立ちで、ある男を縄で縛り、杖で打って鍛え上げ、一人前の盗賊に仕立て上げる。この男は盗賊として活躍するが、ある日、突然、女盗人に捨てられる。女盗人はいずこかへと去り、その行方は杳《よう》として知れない。著者は女盗人の出現と行方について、次のように記している。

「女は男以上に冷やかな視線を世界に注いでいた。それによってはじめて、都市という劇場の中で演者となることができたのではないだろうか。彼女は男を異界へと媒介する巫女として都市の裂け目から舞台へと登場し、そして退場して行った。（中略）桜の花の満開の下に仰臥している美しい女性の肉体は季節とともに腐敗し、最後は白骨となって荒涼とした景色の中に散らばるのみである。どのような悪行も男女の契りも、果ては雪の中に消え行くものといえようか。」

この「男以上に冷やかな視線を世界に注いでいた」とは、著者を想起させる言葉でないだろうか。女盗人の末期の光景は、聖衆来迎寺《しゅじゅうらいごうじ》蔵の六道絵《ろくどうえ》のひとつ、人道不浄図から幻視されている。

女の死骸が満開の桜のもとに晒され、腐敗し、烏や犬に肉体がついばまれ、最後に白骨となり、一陣の風によって跡形もなくなる、九段階の様子を描き、肉体の不浄、この世の儚さ、無常を観相するのに用いられた、九相《くそう》図と呼ばれる絵の趣向である。

女盗人の鮮やかな出現と男の心をかすめとる物腰、異界へのいざない、そして劇場都市の闇での縦横の活劇、それは本書を読まれた読者なら、著者ばかりでなく、本書の貴子ワールドにもぴったり当てはまると直ちに了解できよう。

本書は一九九七年十二月八日、洋泉社より刊行された。

現代小説作法　大岡昇平

西欧文学史に通暁し、自らの作品においては常に事物を明晰に観じ、描き続けた著者が、小説作法の要諦を論じ尽くした名著を再び。（中条省平）

日本人の心の歴史（上）　唐木順三

自然と共に生きてきた日本人の繊細な季節感の変遷をたどり、日本人の心の歴史とその骨格を究明する。上巻では万葉の時代から芭蕉までを扱う。

日本人の心の歴史（下）　唐木順三

日本人の細やかな美的感覚を「心」という深く広い言葉で見つめた創見に富む日本精神史。下巻は西鶴の時代から現代に及ぶ。（高橋英夫）

日本文学史序説（上）　加藤周一

日本文学の特徴、その歴史的発展や固有の構造を浮き上がらせて、万葉の時代から源氏・今昔・能・狂言を経て、江戸時代の徂徠や俳諧まで。

日本文学史序説（下）　加藤周一

従来の文壇史やジャンル史などの枠組みを超えて、幅広い視座に立ち、江戸町人の時代から、国学や蘭学を経て、維新・明治、現代の大江まで。

源氏物語歳時記　鈴木日出男

最も物語らしい物語の歳時の言葉と心をとりあげ、その洗練を支えている古代の日本人の四季の自然に対する美意識をさぐる。（犬飼公之）

江戸奇談怪談集　須永朝彦編訳

江戸の書物に遺る夥しい奇談・怪談から選りすぐった百八十余篇を集成。端麗な現代語訳により、古の妖しく美しく怖ろしい世界が現代によみがえる。

江戸の想像力　田中優子

平賀源内と上田秋成という異質な個性を軸に、江戸18世紀の異文化受容の屈折したありようとダイナミックな近世の〈運動〉を描く。（松田修）

日本人の死生観　立川昭二

西行、兼好、芭蕉等代表的古典を読み、「死」の先達から「終（しま）い方」の極意を学ぶ指針の書。日本人の心性の基層とは何かを考える。（島内裕子）

初期歌謡論　吉本隆明

歌の発生の起源から和歌形式の成立までを、『古事記』『日本書紀』『万葉集』『古今集』、さらには平安期の歌論書などを克明に読み解いてたどる。

宮沢賢治　吉本隆明

生涯を決定した法華経の理念は、独特な自然の把握や倫理に変換された無償の資質といかに融合したのか？　作品への深い読みが賢治像を画定する。

東京の昔　吉田健一

第二次大戦により失われてしまった情緒ある東京。その節度ある姿、暮らしやすさを通してみせる、作者一流の味わい深い文明批評。（島内裕子）

日本に就て　吉田健一

政治に関する知識人の発言を俎上にのせ、責任ある市民に必要な「見識」について舌鋒鋭く論じつつ、路地裏の名店で舌鼓を打つ。甘辛評論選。（苅部直）

甘酸っぱい味　吉田健一

酒、食べ物、文学、日本語、東京、人、戦争、暇つぶし等々についてつらつら語る、どこから読んでもヨシケンな珠玉の一〇〇篇。（四方田犬彦）

英国に就て　吉田健一

少年期から現地での生活を経験し、ケンブリッジに進んだ著者だからこそ書ける極めつきの英国文化論。既存の英国像がみごとに覆される。（小野寺健）

私の世界文学案内　渡辺京二

文学こそが自らの発想の原点という著者による世界文学案内。深い人間観・歴史観に裏打ちされた温かな語り口で作品の世界に分け入る。（三砂ちづる）

平安朝の生活と文学　池田亀鑑

服飾、食事、住宅、娯楽など、平安朝の人びとの生活を、『源氏物語』や『枕草子』をはじめ、さまざまな古記録をもとに明らかにした名著。（高田祐彦）

紀貫之　大岡信

子規に「下手な歌よみ」と痛罵された貫之。この評価は正当だったのか。詩人の感性と論理的実証によって新たな貫之像を創出した名著。（堀江敏幸）

現代語訳 信長公記(全)
太田牛一
榊山潤 訳

幼少期から「本能寺の変」まで、織田信長の足跡をつぶさに伝える一代記。作者は信長に仕えた人物で、史料的価値も極めて高い。（金子拓）

現代語訳 三河物語
大久保彦左衛門
小林賢章 訳

三河国松平郷の一豪族が徳川を名乗って天下を治めるまで、主君を裏切ることなく忠勤にはげんだ大久保家。その活躍と武士の生き方を誇らかに語る。

雨月物語
上田秋成
高田衛／稲田篤信校注

上田秋成の独創的な幻想世界「浅茅が宿」「蛇性の婬」など九篇を、本文、語釈、現代語訳、評を付しておくる〝日本の古典〟シリーズの一冊。

古今和歌集
小町谷照彦訳注

王朝和歌の原点にして精髄と仰がれてきた第一勅撰集の全歌訳注。歌語の用法をふまえ、より豊かな読みへと誘う索引類や参考文献を大幅改稿。

枕草子（上）
清少納言
島内裕子校訂・訳

芭蕉や蕪村が好み与謝野晶子が愛した、北村季吟の注釈書『枕草子春曙抄』の本文を採用。江戸、明治と読みつがれてきた名著に流麗な現代語訳を付す。

枕草子（下）
清少納言
島内裕子校訂・訳

『枕草子』の名文は、散文のもつ自由な表現を全開させ、優雅で辛辣な世界の扉を開いた。随筆文学屈指の名品は、また成熟した文明批評の顔をもつ。

徒然草
兼好
島内裕子校訂・訳

後悔せずに生きるには、毎日をどう過ごせばよいか。人生の達人による不朽の名著。全二四四段の校訂原文と、文学として味読できる流麗な現代語訳。

方丈記
鴨長明
浅見和彦校訂・訳

天災、人災、有為転変。そこで人はどう生きるべきか。この永遠の古典を、混迷する時代に生きる現代人ゆえに共鳴できる作品として訳解した決定版。

梁塵秘抄
植木朝子編訳

平安時代末の流行歌、今様。みずみずしく、時にユーモラス、また時に悲惨でさえある、生き生きとした今様から、代表歌を選び懇切な解説で鑑賞する。

藤原定家全歌集（上）　藤原定家　久保田淳校訂・訳

『新古今和歌集』の撰者としても有名な藤原定家自作の和歌約四千二百首を収録。上巻には私家集『拾遺愚草』を収め、全歌に現代語訳と注を付す。

藤原定家全歌集（下）　藤原定家　久保田淳校訂・訳

下巻には『拾遺愚草員外』『同員外之外』および「初句索引」等の資料を収録。最新の研究を踏まえ、現在知られている定家の和歌を網羅した決定版。

定本　葉隠〔全訳注〕（上）（全3巻）　山本常朝／田代陣基　佐藤正英校訂　吉田真樹監訳注

武士の心得として、一切の「私」を「公」に奉る覚悟を語り、日本人の倫理思想に巨大な影響を与えた名著。上巻はその根幹「教訓」を収録。決定版新訳。

定本　葉隠〔全訳注〕（中）　山本常朝／田代陣基　佐藤正英校訂　吉田真樹監訳注

常朝の強烈な教えに心を衝き動かされた陣基は、武士のあるべき姿の実像を求める。中巻では、治世と乱世という時代認識に基づく新たな行動規範を模索。

定本　葉隠〔全訳注〕（下）　山本常朝／田代陣基　佐藤正英校訂　吉田真樹監訳注

躍動する鍋島武士たちを活写した聞書八・九と、信玄・家康などの戦国武将を縦横無尽に論評した聞書十、補遺篇の聞書十一を下巻には収録。全三巻完結。

現代語訳　応仁記　志村有弘訳

応仁の乱――美しい京の町が廃墟と化すほどのこの大乱はなぜ起こり、いかに展開したのか。室町時代に書かれた軍記物語を平易な現代語訳で。

古事記注釈　第二巻　西郷信綱

須佐之男命の「天つ罪」に天照大神は天の石屋戸に籠るが祭と計略により再生する。本巻には「須佐之男命と天照大神」から「大蛇退治」までを収録。

古事記注釈　第四巻　西郷信綱

高天の原より天孫たる王が降り来り、天照大神は伊勢に鎮まる。王と山の神・海の神との聖婚から神武天皇が誕生し、かくて神代は終りを告げる。

古事記注釈　第六巻　西郷信綱

英雄ヤマトタケルの国内平定、実は父に追放された猛き息子の、死への遍歴の物語であった。神功皇后の新羅征討譚、応神の代を以て中巻が終わる。

ちくま学芸文庫

性愛《せいあい》の日本中世《にほんちゅうせい》

二〇〇四年十一月十日　第一刷発行
二〇一八年十一月三十日　第三刷発行

著　者　田中貴子（たなか・たかこ）

発行者　喜入冬子

発行所　株式会社　筑摩書房
東京都台東区蔵前二―五―三　〒一一一―八七五五
電話番号　〇三―五六八七―二六〇一（代表）

装幀者　安野光雅

印刷所　明和印刷株式会社

製本所　株式会社積信堂

ISBN4-480-08884-9 C0121